El Regreso.

Fando.

La noche.

Crecí en la pobreza pero jamás en la carestía, en la mesa de mi casa durante la niñez no faltaron las tortillas, los frijoles, el arroz y las oraciones de agradecimiento por los alimentos. Tal situación exigía del esfuerzo de mi padre quien se gastó la vida en jornadas de 10 o más horas como albañil bajo el abrasador sol, mi madre que hacía de trabajadora doméstica con una ricachona en una colonia al otro lado de la ciudad, mis dos hermanos menores que llevaban mandados y preparaban conservas de chiles y yo que trabajé arduamente en la central de abastos de Torreón en el norteño estado de Coahuila, aunado a ello todos estudiábamos en nuestros respectivos grados. Fuimos felices y amados y siempre atesoramos el producto de nuestro trabajo y el verdadero valor del dinero.

Mi padre era delgado pero fuerte al llegar a casa nos abrazaba e impregnaba de su olor a marihuana, misma que fumaba para soportar el duro trabajo, luego nos veía con sus ojos inyectados de sangre y nos daba el beso más tierno que cualquier padre puede dar, después se acercaba a mi madre le agarraba las nalgas y le decía que la amaba. Juntos cocinábamos la cena, algunos cortando el pico de gallo, otros poniendo la mesa y calentando las tortillas. La cena se llenaba de historias, chistes y la logística del día siguiente, mi padre era casi analfabeto pero tenía una mente financiera sagaz y sabía destinar cada centavo a fines que les dieran más rendimiento y beneficio a la familia, mi madre era una gran colaboradora, era la primera en despertar y la última en ir a la cama preparando todo para la mañana, mis hermanos y yo éramos disciplinados y conscientes del esfuerzo que en conjunto realizaba la familia para salir adelante y jamás replicamos decisión alguna.

En la central de abastos me dedicaba a vender algunas de las conservas que preparaban mis hermanos, jabones caseros hechos por mí, realizaba encargos, ayudaba en las madrugadas de los sábados a descargar camiones de papas, cebollas y demás verduras. Hice migas con varios dueños de bodegas y me impregnaba de su sabiduría mercantil, de ellos aprendí varios oficios y a preparar muchos alimentos, tomaba nota de sus mañas, las buenas y las malas, de sus errores y aciertos y me juré ser mejor comerciante y todavía mejor persona. Al llegar a la adolescencia era bien conocido en toda la central, me decían el flaco, trabajaba ora vendiendo chiles secos, ora haciendo embalaje de melones de Mapimí y ora cobrando deudas a ciertos locatarios. Mi reputación siempre fue impecable y la confianza que depositaban en mí me confirió mayores responsabilidades. Antes de cumplir los dieciocho, con mis ahorros y una vasta experiencia me asocié con un carnicero, le propuse un negocio donde la mayoría de las partes del cerdo y la res que eran difíciles de vender o se vendían como comida para perros pudieran ser revalorizadas mediante procesos sencillos, comencé así mi negocio de carnes frías y embutidos. El negocio despegó rápido, pude hacer bastante dinero los primeros dos años en donde me infringía horarios de 4 de la mañana a 11 de la noche. Compré maquinaria, diversifiqué mis productos y me pude independizar de mi socio no sin antes casarme con su hija a quien embaracé meses antes. Abrí mi propio local y puse mi marca a la salchichonería que vendía, a los pocos meses abrí sucursales en varios puntos del país y armé una red de distribución enorme que hizo que mis productos fueran conocidos en gran parte del norte de México. Extendí mi mercado a los lácteos la carne, el pollo y los pescados. Me obsesioné con mi trabajo producto del gusto y la pasión que me generaba ganar dinero con lo que sabía, elevé la calidad de mis productos, hice el proceso más seguro, higiénico y eficiente, generé muchas fuentes de empleo y me hice de un nombre en la ciudad.

Tuve dos hijos varones y una hija a quienes a pesar de llenar con cosas materiales descuidé en la parte afectiva, todos ellos crecieron apenas sin darme cuenta, pagué sus coches y una fastuosa quinceañera, estudiaron en las mejores escuelas pero jamás aprendieron lo que yo aprendí a base tesón y disciplina. Me di cuenta tarde de mi error, mi hijo mayor embarazó a su novia y ambos comenzaron a vivir en la residencia familiar de forma parasitaria con indolencia y desgano. Al poco tiempo mi hijo menor repitió la historia y mi hija resultó embarazada de un tipo que desapareció sin dejar rastro. Así me convertí en abuelo y padre de unos hijos que poco respeto tenían hacia mi persona, jamás les recriminé nada, me sabía entero culpable de su comportamiento y me ceñía al castigo de su desprecio entregándoles lo único que siempre les había dado, mi dinero.

Con el pasar de los años delegué responsabilidades de mis negocios a mis trabajadores más leales permitiéndome vivir de forma despreocupada y experimentando cosas que jamás había podido. Un día fui a una carrera de caballos en Cuatro Ciénegas, vi cómo un caballo cuarto de milla destacó de manera excepcional por sobre los otros. Luego del evento me reuní con el dueño del caballo y le pregunté el secreto de tan arrasador desempeño.

—Le diré mi secreto. — El dueño del caballo dijo acercándose a mí y añadió— Pero guárdelo.

El dueño del caballo resopló hizo una pausa y por fin dijo.

—Peyote.

— ¿Peyote? —Pregunté.

—Como lo oye. —contestó.

El dueño del caballo me llevó a los establos y me mostró un saco que parecía tener dentro algo vivo, se movía como si hubiera contenido varias serpientes. Al vaciarlo pude observar varias de esas cactáceas de diversos tamaños.

—Unos dos o tres de estos antes de la carrera y listo. —Añadió— Es medicinal, mágico, es como un dios. ¿Quiere comerlo?

— ¿Comerlo?—pregunté.

— ¡Sí!—contestó— Es muy bueno para aclarar la cabeza. Pero tiene que pizcarlo.

Esa noche, manejé varios kilómetros por la carretera libre a Saltillo y nos internamos en el desierto cerca de un lugar llamado estación Marte. Usando la linterna buscamos en el suelo y pronto nos encontramos con una alfombra de peyotes. Me dio una navaja y él a su vez extrajo un peyote mostrándome cómo hacerlo.

—Deje la raíz para que vuelva a crecer. —dijo.

Sacamos varios peyotes.

— ¡Mastique!— me dijo.

Introduje uno entero de mediano tamaño en mi boca y mastiqué. Un intenso sabor a tierra amargó mi paladar, tuve arcadas y casi lo escupo.

— ¡Cómaselo! —refunfuñó.

Luego de mucho batallar pude comer entero el primero, el segundo y el tercero de mayor tamaño fueron más fáciles de comer. Al final comí siete.

—Se atascó. —dijo mi guía.

Luego de media hora comencé a sentir los efectos. Miré el cielo estrellado y observé una malla que lo cubría todo, una especie de red tejida en la cual todas las estrellas estaban encajadas y zurcidas en el mismo, todo junto con el horizonte, los cactus, cerros y piedras. Me quedé extasiado viendo aquello, no sé bien por cuánto tiempo, cuando me di cuenta, mi guía se había ido, estaba sólo en medio de la nada, a lo lejos se escuchaban los aullidos de unos coyotes, salí corriendo de ahí tan rápido como pude. Sudaba profusamente y el aire frío de la noche del desierto soplaba a contracorriente haciéndome sentir escalofríos, de pronto enfrente de mí un grupo de coyotes danzaba alrededor de un maguey que había florecido, ninguno de ellos me prestaba atención, aquél ritual me pareció alucinante y estaba completamente entregado a aquella visión. Los coyotes seguían dando vueltas a la planta, de pronto la flor de aquél maguey que se erguía tres metros sobre el nivel del suelo cayó. Uno de los coyotes la tomó con el hocico y aquellos animales se fueron rápidamente. Me preguntaba aturdido qué era lo que había presenciado, de pronto escuché una voz que me retumbaba en la cabeza.

—Nunca sabrás lo que viste. —Dijo la voz— Busqué por todas partes el origen de procedencia de aquella misteriosa voz.

—Mira abajo. —dijo esa voz. Hice caso y observé un peyote de casi un metro de diámetro que parecía estar respirando, luego vi cómo se movía igual que se mueven los labios de una boca al hablar.

—A partir de éste momento la noche comienza para ti.

Desperté mientras los rayos del sol apenas comenzaban a iluminar el día, mi guía estaba de pie a un lado mío.

—Hasta que despiertas. — Dijo mi guía— Ayer saliste corriendo y no pude hallarte sino hasta hace media hora que te encontré aquí, vaya que te pegó el peyote. No te preocupes, no me tienes que decir qué viste, eso es algo muy personal.

En las horas siguientes una fuerte fiebre me apresó, pensaba que el peyote lejos de ser medicinal me había traído una grave enfermedad. Mi reacción febril fue tan violenta que estuve en cama durante varios días, el dueño del caballo, mi guía en la iniciación del peyote me acogió en su casa, llamó a un médico y me atendió en todo lo que necesité. Más que su huésped fui un paciente en su casa. Debido a los fuertes antibióticos y analgésicos pasaba gran parte del día dormido. Luego de una semana comencé a recuperarme lo suficiente como para poder charlar y enderezarme en cama.

—Es raro lo que te pasó. —Dijo mi guía— Nadie se pone como tú, sino todo lo contrario.

Luego de nueve días de estar en la casa por fin pude emprender mi viaje a Torreón, los recuerdos de las alucinaciones vividas y las palabras de ése ser en forma de peyote se arremolinaban de forma continua en mi cerebro. Al llegar a mi casa casi no era consciente de nada pero en ella prevalecía un ambiente denso de riñas entre mis hijos y mis nietos. Mi esposa apenas si se hacía presente debido a que ocupaba su tiempo en tertulias y compromisos de sociedad. Tomé mi laptop y comencé a buscar información sobre el peyote, luego compré casi cualquier libro que hablara del tema leí a Carlos Castaneda, Edward Anderson, Fernando Benítez y

Aldous Huxley entre otros. Aun así no hallaba la respuesta: ¿A qué se refería ése cactus al decirme: "A partir de éste momento la noche comienza para ti"? Leí sobre farmacología de las plantas, psiquiatría alternativa y todo documento que me pudiera dar alguna pista. Me obsesioné con la respuesta a mis alucinaciones, duraba días enteros sin salir de mi estudio investigando devorando libros, buscando fuentes en internet, casi no dormía y apenas comía lo suficiente para mantenerme vivo, adelgacé en sobremanera y me convertí en poco menos que un fantasma en la casa.

Un día mientras estaba en la cocina preparándome un sándwich me topé con mi hijo mayor.

—Te ves de la chingada, cabrón. —Me dijo— ¿Estás consumiendo drogas duras también?

No le contesté y me fui con mi refrigerio de nuevo a mi estudio.

Días después me interné en estudios esotéricos y ocultistas, llegué a adquirir costosas obras, seguí a gurús, estudié inmerso en mi obsesión que día con día se acrecentaba. Me di cuenta de todos los errores cometidos en mi vida, especialmente los que tuve y en ése entonces seguía teniendo con mi familia, mi esposa e hijos. También me di cuenta de la enorme dificultad de repararlos, del tiempo perdido, de mi inmenso egoísmo de mi gran torpeza. Habían pasado varios días sin que hubiera probado bocado ni salido de mi estudio me encontraba casi en los huesos. Comprendí que si bien mi vida estaba llena de errores debía vivir el presente y no cometer más autodestruyéndome. Resolví resarcir mis faltas y comenzar a ser un buen esposo y padre. Cuando abrí la puerta de mi estudio vi algo que me dejó helado y que jamás olvidaré, era mi hijo mayor tirado en el piso con vómito en su boca, muerto, de inmediato me desmayé. Las horas siguientes no las recuerdo, sé que estuve en el hospital canalizado, sé que mi casa se volvió un manicomio con locos gimientes y sé que estuve en el funeral de mi hijo. Sentía como el mundo se deshacía cada hebra de aquél tejido que vi en mis alucinaciones se iba descosiendo y mi ser entero se desmoronaba.

Me culpaba por no haber reaccionado a la pregunta de mi hijo "¿Estás consumiendo drogas duras también?", en especial a la palabra "también" que había sido el último grito de ayuda que lanzó mi hijo a su indiferente padre. Me culpé un millón de veces, deseaba morir a cambio de que mi hijo viviera y me entristecía saber imposible aquél trueque.

Habría muerto de tristeza ante aquella situación pero un hermoso milagro me salvó, nos salvó, mi familia floreció, los días siguientes nos fundimos en abrazos, besos y mucho amor, cada uno de nosotros había perdido una parte importante de sí mismo. Al principio en el silencio eran las caricias las que alimentaban nuestra desnutrida alma, después las palabras se volvieron medicina, nos desahogamos, nos perdonamos y nos comprometimos a enderezar el viaje. Los meses posteriores como ave fénix nos levantamos de las cenizas de la muerte de mi hijo, nuestras relaciones se fortalecieron, mi matrimonio renació y pude entablar amistades sinceras con mis hijos sobrevivientes, mi nuera y mis nietos. Me propuse ser aquél padre amoroso y ése esposo leal que tanto tiempo faltó en nuestro hogar, me dediqué en cuerpo y alma a resarcir el daño hecho a mi familia, morí pero resucité en un ser consagrado a reparar el dolor de la ausencia absurda causada por mis ocupaciones estériles, fui haciéndolo poco a poco, mi familia lo notó y lo agradeció, las heridas se fueron sanando y el orden natural de las cosas se fue resarciendo. Mis hijos ya mayores me perdonaron, jamás pude reparar mis ausencias en su infancia, pero me mostré como alguien que les apoyaría incondicionalmente. El amor todo lo puede y con mi familia fue el bálsamo que hizo que las heridas se cerraran dejando cicatrices aleccionadoras.

Sin embargo el dolor seguía presente, cada noche me acechaba como un depredador y casi siempre lograba herirme, yo sofocaba mi llanto para no ser escuchado y a la vez me sentía sofocado mi dolor emocional se desbordaba al punto de volverse físico. Desesperado continué mis estudios metafísicos buscando ya no respuestas sino consuelo, era obvio que el peyote fue el heraldo de mi noche obscura del alma. Ahora hacía mis estudios por las madrugadas para evitar enclaustrarme como lo había hecho antes. Me enrolé en una escuela de misterios y me volví el más dedicado de los estudiantes, cada ejercicio propuesto lo llevaba a cabo con profunda reverencia, extenuante disciplina y detallado proceder.

Poco a poco fui ganando sabiduría que me ayudaba a tener aceptación de mis errores y de mi realidad, las lecciones dolorosas del pasado se volvieron sólo maestros y dejaron de ser verdugos de mi consciencia.

Al pasar de los años toda la familia pudo asimilar el dolor y la armonía hogareña era ideal, la fortuna familiar se había multiplicado ya varias veces y yo seguía estudiando y avanzando grados en mi preparación. Aún seguía teniendo aquellas visiones, aquél peyote hablándome y la de mi hijo muerto aunque sentía que la noche obscura ya había terminado. Aun así seguía en mi cabeza rondando preguntas que de seguir con mi rutina jamás contestaría, me embargaba sobremanera cómo una alucinación había sido capaz de ser tan profética en mi vida y no le daba opción al azar y a la sugestión en la que pude haber caído. Pensé mucho y medité acerca de estas cuestiones al grado de que ya no dormía, por un lado deseaba adentrarme en el camino iniciático que sólo alcanzaría volviéndome un ermitaño por lo menos temporal, por el otro sentía culpa de siquiera considerar la posibilidad de abandonar de nuevo físicamente a mi familia, el dilema me embriagaba y no deseaba decantarme por la obviedad. Me leí el tarot en una ceremonia en mi estudio con profunda reverencia, decidí que sería el dios de la sincronicidad y los arcanos del tarot quienes decidieran por mí, en el fondo ya había yo tomado la decisión. Con mucha pena determiné a mis 50 años que era hora de regresar al desierto. Decidí preparar todo, dejando mis asuntos lo más ordenadamente posible, mis relaciones familiares lo más estrechas y sanas, a pesar de los pesares. Así una mañana muy temprano, sin previo aviso, sólo con la ropa que traía puesta y sin dinero salí a mi aventura.

Los 40 días.

Caminé por el bulevar Revolución hasta llegar a la salida de Torreón y me puse a pedir aventón, por casi una hora no tuve éxito y casi al llegar a Matamoros Coahuila un trailero se detuvo a un lado de la carretera.

— ¿A dónde va? —Me preguntó.

—A estación Marte. —Le contesté.

—Voy por la libre a Saltillo, le va a quedar bien. — contestó.

Luego de hora y media de trayecto el trailero amablemente me dejó sobre el camino a unos cuantos kilómetros del lugar donde conocí al peyote. Durante el trayecto en tráiler bebí abundante agua e intercambié anécdotas con mi benefactor, pero en el camino a pie conmigo no llevaba ningún recipiente con el vital líquido e iba sólo tratando de no pensar demasiado en aquello que dejaba atrás. Eran cerca de las 3 de la tarde, el cielo despejado y el sol intenso me produjeron estragos rápidamente, de inmediato comencé a ver tales dificultades como los obstáculos simbólicos que continuarían en mi travesía. Ningún matorral podía darme la sombra suficiente y aún faltaba un tramo largo, no me desesperé y luego de un poco más de caminata fui recompensado encontrando muchos peyotes. Elegí y extraje uno mediano y sin pensarlo mucho lo devoré, esperé a que surtiera efecto. Luego de unos minutos de mis ojos comenzaron a brotar abundantes lágrimas, una sensación de bienestar y certeza me embargó, era como si me purgara de todas aquellas lágrimas sofocadas y retenidas que aún quedaban en mi organismo. Miré al suelo y de nuevo una cactácea comenzó a hablarme.

— Tendrás otra noche. — dijo el peyote.

Aquellas palabras me dieron miedo, pero me lo sacudí pensando en la fortaleza que ya había ganado por la primera noche obscura, sin embargo acumulé respeto y prudencia. Sentí además una incertidumbre por lo que vendría alimentada por la acertada primera profecía. Por un rato me quedé bajo el abrasador sol sin responder, luego me culpé de ser tan torpe como para empeñar mi vida entera por las frases escuchadas bajo el sopor de un potente alucinógeno, mis pensamientos iban y venían en una y otra dirección, dos partes dentro de mí debatían encarnizadamente, aquella racional, escéptica y juiciosa y la deseosa de creer en el sincronismo universal y las deidades de la naturaleza. Parecía ser prudente dejar elegir al intelecto y regresar a casa, sin embargo mi intuición o quizá mi deseo de adentrarme en la aventura más decisiva de mi vida me decía que cediera a esos impulsos, a la entrega a la locura que sana y conduce a la iluminación. Por fin y de manera espontánea e incluso atrabancada decidí comenzar mi estadía de 40 días en el desierto igual que como habían hecho cientos de iniciados a lo largo de la historia, sin saber cómo hacerlo y cómo afrontarlo, de igual manera lo primero que hice fue atragantarme de cuanto peyote pude, imaginé aquello como un bautismo de fuego que me quemaría las entrañas para matar al antiguo yo, perdí la cuenta del número de peyotes que comí a cada bocado bendecía el amargo cactus que sabía me entregaría un nuevo mensaje que necesitaba escuchar. Todavía seguía comiendo cuando la realidad se esfumó de mis sentidos y se me escurrió de las manos. Comencé a hablar en un idioma que desconocía, las palabras salían de mi boca como líquido brillante que después supe era vómito y que sin embargo me hacía sentir como si estuviera canalizando una profunda verdad que jamás había sido escrita en libro alguno. Me sentía feliz, pleno y extático. Entendí muchas cosas pero olvidé muchas más, di gracias por seguir vivo y consciente, por momentos todo me parecía justo y perfecto, encajado justo en su lugar, no había nada que cambiar ni mover, nada que pulir, ni mutilar, nada que desarrollar ni atrofiar. Vi un camaleón del desierto rondar mi mano apoyada en el suelo y decidí sólo contemplarlo, como si hubiera percibido mis pensamientos aquél ser me devolvió la mirada, muy lentamente con una velocidad imperceptible el camaleón fue mutando en una piedra del mismo color y dimensiones, pero aún conservaba sus ojos vivos y brillantes, estuvimos así largo rato mirándonos hasta que sus ojos también se volvieron asperezas de aquella piedra. Vi siete soles en el cielo, cada uno de diferente color, todos ellos danzaban formando figuras geométricas sagradas que me extasiaban, entrelazándose entre ellas y algunas veces duplicándose formaron la flor de la vida, el árbol de la vida la *vesica piscis*, el tetragramatón, los sólidos platónicos e incluso bosquejaron el hombre de Vitrubio, luego los siete soles se unieron para conformar a la única estrella de nuestro sistema, todo me pareció una alegoría del dador de vida cuyos rayos contemplan a toda la creación. Sin darme cuenta ya era de noche, los coyotes aullaban y la luna estaba inmensa y sublime, su luz daba un aspecto enigmático al desierto, sentí una gran nostalgia, presencié una lluvia de estrellas nutridas que surcaban la constelación de Leo, el aire estaba enrarecido y me sentía en un planeta diferente, vi luces en el cielo que ni eran estrellas, ni planetas, ni meteoritos que jamás sabría si eran dibujos psicotrópicos o exploradores de otros planos, contemplé esferas que se asemejaban al *Aleph* de Borges donde todo se contenía así mismo, estaba tan entretenido y embobado, vi muchas más cosas que no puedo describir, otras más no es mi deseo hacerlo porque me extendería en sobremanera, aquello duró hasta el amanecer momento en el cual las alucinaciones comenzaron a ceder. Agradecí lo visto y en mis adentros me preparé para recibir una nueva noche en mi vida y afrontarla lo más dignamente posible.

Durante semanas estuve en el desierto sin más compañía que los cactus, el sol y los aullidos nocturnos de los coyotes y como único alimento varias cabezas de peyote, aquella estadía comenzaba a reparar las grietas que quedaban en mi corazón y la contemplación de la desértica naturaleza era para mí un maestro. Luego un día vi caminado a dos jóvenes como a 100 metros de donde me encontraba, parecían buscar peyotes para pasar el rato, me observaron y me hicieron señas de acercarme a ellos y así lo hice.

— ¡Buenas tardes! —Saludaron ambos y uno añadió — soy Pedro y él es Juan.

Yo también les saludé y dije mi nombre.

— Vinimos aquí a comer peyote. —dijo Juan.

—Me lo imaginé. —Les respondí y los tres reímos.

Pedro y Juan extrajeron un sinnúmero de peyotes y aquella noche pusieron una buena parte de ellos en una tetera con agua en una fogata para hacer té. Luego de terminado me convidaron varias tazas y todos bebimos aquel brebaje mientras comíamos de los cactus. Aquella fue la vez que más peyote consumí en toda mi vida, también iba a ser la última.

Esa noche vi al venadito azul y vi sus ojos llenos de compasión, abrumado no paré de verlo y encontrarle detalles que literalmente me conmovieron, era un ser de impresionante belleza, hecho de fractales de sí mismo, sublime, latía como un corazón, en la diástole se volvía de dos o hasta tres metros de altura en la sístole era un poco más pequeño que yo. Nada me dijo y nada esperé que me dijera, no había razón para intercambiar palabras la quietud que me proporcionaba me llenó de amor y dulzura, sentí una epifanía que emergía desde mis entrañas y salía por mi cabeza hasta el último rincón del universo, por un instante no supe de mí. En otro momento vi cómo aquella red que había observado la primera vez ahora me conectaba a mí con mis nuevos amigos, luego vi cómo aquellas uniones se iban ensanchando y adelgazando sus cuerpos como si succionasen sus entrañas para fusionarse con la red y después ser absorbidos por mi cuerpo, luego ellos me dijeron que habían visto lo mismo. Después los desorbí y ambos tomaron forma de coyotes, corrieron hacia un maguey cercano y repitieron aquella danza enigmática que había visto la primera vez, su danza hizo caer la flor del maguey pero esta vez ambos con una reverencia me la entregaron, en mi éxtasis me comí aquella flor, era dulcísima y me anestesió el cuerpo a grado tal que dejé tener sentido del tacto, luego de ello ambos regresaron a su forma original transformándose paulatinamente. La realidad escamada en multicolores vitrales seguía contrayéndose y expandiéndose, como respirando, agitada, con un vaivén caótico e hipnotizante.

Repentinamente vi a mi hijo fallecido, me sobresalté pero nunca sentí miedo, en vez de ello aproveché la oportunidad para simbólicamente pedirle perdón y decirle todo aquello que en mi ignorante egoísmo jamás le dije, tanta era mi emoción y la de mi hijo que tuvimos un éxtasis verbal en donde las palabras fluían con amor y comprensión. Reí y lloré con aquella visión y la abracé en repetidas ocasiones hasta el amanecer momento en el cual se transformó en Pedro, sí en Pedro uno de mis nuevos amigos, quien a su vez me dijo que yo fui su padre fallecido y que conmigo él había tenido su propia charla. Ambos nos llenamos de un sentimiento de paz profunda, nos fundimos en un abrazo que se asemejaba mucho al que se dan un padre y un hijo, de nuevo lloramos, y nos llenamos de una felicidad inenarrable.

Iluminados con los primeros rayos áureos todos seguíamos bajo el influjo del jícuri y vimos cómo el sol bañaba todo con colores que no sabíamos que existían, todo cambiaba de forma y color continuamente y la realidad parecía estar fallando igual que falla una simulación renderizada por computadora. Luego de que los ánimos se templaron tuvimos conversaciones que emanaban de nuestros propios corazones. Pedro y Juan me contaron sobre ellos yo por mi parte relaté mi historia, una de las últimas veces que lo haría.

—Entonces ¿Qué sentido tiene la vida?— preguntó Juan en un momento de la charla. Se hizo un silencio.

—Tal vez no tenga sentido. —Contesté — Pero la vida no necesita tener sentido.

— ¡Claro que debe tener sentido! — Exclamó Juan— sino entonces ¿Cuál es el pedo de venir?

—La única finalidad es vivir. — Le contesté —Si uno se inventa un sentido está bien, si te funciona, mejor, pero te pierdes todas las demás sorpresas que te depara. Es como estar terco de ir por un sendero cuando hay muchos mejores, más bellos y placenteros. Al fijarse un sentido te encadenas y te llenas de prejuicios de cómo se supone que deben ir las cosas, cuando no hay ninguna forma en que deban ir. Debemos de volvernos agua.

—Eso lo dijo Bruce Lee. —Interrumpió Pedro —Yo reí.

—En realidad es sabiduría milenaria que citó Bruce Lee. El agua puede mediante su flujo constante modificar los paisajes y no hay absolutamente ninguna lucha en ello, sólo el devenir natural de las cosas. La prisión del "sentido de la vida" no te deja experimentar todo lo que hay. Debemos sacudirnos esa idea y disfrutar lo que se nos da estando preparados a cada instante a vivir aquí y ahora. Como éste momento, en el cual todos estamos presentes, sea por el influjo del venadito o porque en verdad hay conexión entre nosotros, estamos presentes. Somos apenas una estrella fugaz en el firmamento del universo, por más ilustres que podamos llegar a ser para la humanidad, la humanidad misma es un instante en el reloj cósmico y ¿Saben qué? Toda ella desaparecerá más allá de la faz de la memoria, todas sus atrocidades, sus desvaríos, sus incongruencias, su arte, su civilización y de alcanzarla, también su utopía. Somos efímeros, breves, borrosos en la playa del cosmos, en millones de años, puede que hasta sólo en miles de años no dejaremos vestigio alguno por más que busquemos perpetuarnos, todo muere, se diluye, se esfuma, así también nos pasará más pronto que tarde.

Se hizo un nuevo silencio, no supimos cuánto duró, bajo los influjos del jícuri nos parecieron instantes pero el trayecto solar nos apercibió que fueron horas.

— No es momento para ponernos solemnes. — Dije — El peyote es medicinal pero también es festivo y energizante, vivamos lo que haya que vivir, con convicción de que estamos siendo quienes somos, sin postergar nada, exprimir al presente cada segundo aspirando cada detalle para que llegue a nuestros pulmones, experimentémoslo todo, o mínimo todo aquello que nos atrae siempre que no hagamos nada malo a nadie ni nos denigremos y hagámoslo moderadamente moderados, es todo, no hay más reglas, vivamos intensamente para morir con paz profunda.

Todos nos dimos un abrazo.

— Esta madre nos pone cariñosos. —Dijo Juan y todos nos reímos. Pedro y yo nos lanzamos sonrisas cómplices. En verdad aquella experiencia nos estaba hermanando.

Ése día ya por la noche los muchachos habían prendido una fogata para cocinar, yo estaba un poco apartado de ellos buscando en la noche ramas secas para alimentar el fuego y tener reservas.

Un murmullo se escuchaba en el aire, poco a poco el murmullo se convirtió en el sonido de motores de varias camionetas. Repentinamente se escucharon balazos muy cerca, yo me tiré al piso y pude ver que Pedro y Juan hicieron lo mismo, los disparos fueron intermitentes parecía que estaban ejecutando a una personas, luego pudimos escuchar gemidos de torturas, sonidos ininteligibles que más que parecer humanos sonaban a ánimas en el infierno, las súplicas se escuchaban a kilómetros y a mí me retumbaban en los tímpanos. Luego hubo un silencio y desde mi posición pecho tierra pude ver cómo aquellos ejecutores avanzaron hacia donde Pedro y Juan se encontraban. El pánico hizo presa de mí, me entumecí totalmente, mi vista y oído se agudizaron y pude leer los labios y escucharlo todo.

— ¡Pinches marinuanos culeros! Se están acabando el peyote pendejos. — Dijo uno de los sicarios. Fui testigo de cómo a ambos les dispararon en la sien. Luego observé cómo se organizaban para ver si no había otro testigo en el lugar, buscaron por derredor, la luz de sus linternas casi se posa sobre mi cuerpo, oriné mis pantalones y aquellos momentos me parecieron interminables. Finalmente luego de transcurridos unos minutos los malhechores se fueron en sus camionetas llevándose los cuerpos.

Me quedé ahí tirado en medio de un charco de mi propia orina, llorando y temblando en posición fetal. Me sentía absurdo, insignificante, estúpido e inútil. En ningún momento intenté detener a los asesinos y me culpaba por ello, siempre tuve terror y jamás dejé de aferrarme a la vida como el más grande de los cobardes. Me veía como un patético pedante que ha acumulado ideas en su cabeza que no le han transformado y que jamás ha aplicado en su cotidianeidad. No había nada en mí que no considerara abyecto, a la luz de los hechos en los momentos más decisivos de mi vida, cuando más necesitaron las personas alrededor mío de mi ayuda más me mostré o inerte o ausente. Estuve así hasta que amaneció y varias horas más, susurraba suplicando como desquiciado que algo ocurriera y me matara sin darme cuenta. Nada pasó, comencé a sentir el sol quemando mi piel, el hambre y la sed se hicieron presentes y me culpé por ello, me sentía un imbécil deseando mi muerte sabiendo que no tendría las agallas para cometer suicidio de forma alguna y doblemente ridículo por desear alimentar a mi cuerpo a pesar de sentirme menos que una piltrafa. Al fin me levanté y caminé hacia donde se había prendido la fogata, aún había algo de humo emanando de ella, vi las mochilas de Pedro y Juan y hurgué dentro de ellas, me comí todas las colaciones que encontré. Cuando satisfice mi hambre volví a llorar, una y otra vez la culpa me atormentaba, una profunda repugnancia hacia mi persona y lo que yo representaba me asaltaba. No podía más estaba al borde la locura con pensamientos disímbolos que me golpeaban. Mi dignidad estaba muerta, aplastada por mi proceder, desahuciadas mi hombría y mi humanidad, nada en mi valía, y no podía dejar de tener todo esto como certeza. Me di cuenta que si seguía ahí inmóvil permitiendo que mis pensamientos me laceraran me volvería loco. Las últimas trazas de autodeterminación que aún me quedaban me hicieron recoger aquello que me podría ayudar a salir de ahí y a continuar con vida. Me dirigí a la carretera, no pedí a aventón, me veía y olía mal, parecía un vagabundo trastornado de esos que abundan y dudé que alguien se pararía a ayudarme. En vez de ello seguí por el camino, deteniéndome en pequeñas estaciones donde buscaba algo de alimento en la basura y deteniéndome en los lados de la carretera para dormir donde los parajes aún eran desérticos, estuve así durante varios días avanzando lentamente en mi peregrinar a ningún lugar, poco a poco el paisaje se iba pintando con más vegetación y pude darme cuenta que ya había dejado al desierto, habían transcurrido 40 días desde que llegué a él.

El paraíso.

Me dediqué a deambular por las carreteras sin rumbo fijo, mi espíritu estaba derruido quería perderme en el anonimato que concede un aspecto maltrecho y sucio de vagabundo. Nunca consideré la posibilidad de regresar con mi familia, hacía ya más de tres meses que había dejado mi hogar y me consideraba una basura que no merecía ninguna consideración. Una parte de mí sentía que era la vida que me merecía, una de vejaciones y privaciones con tal de exculpar mi cobarde actuar. Lejos había quedado mi búsqueda de autoconocimiento, nada de las lecciones aprendidas tenían ya sentido para mí, desde mi parloteo sobre la vida con Pedro y Juan ya no había emitido palabra alguna, era un loco mudo y ermitaño. Nada me importaba y aun así me seguía lastimando el pasado reciente.

Un día sin advertir bien cómo, llegué a Ciudad Valles en San Luis Potosí y decidí quedarme ahí unos días para descansar de las extenuantes jornadas bajo el sol que yo mismo me había infringido. Buscaba en los tiraderos de restaurantes el alimento para sobrevivir, para ése entonces yo ya estaba irreconocible, la barba ya la tenía crecida, sumado a mi ropa sucia y mi olor pestilente, estos me conferían el aspecto de un indigente. Con cierta frecuencia veía a turistas ir y venir de aquella ciudad en la que yo nunca antes había estado. Luego me enteré que sus visitantes usaban ése lugar como punto de partida para visitar un montón de lugares turísticos que había en los alrededores, no sentí deseo de pasear por aquellos lugares por el hecho de recrear mi pupila o experimentar algo más en mi vida, de hecho seguía devastado y con desgano, pero me sentí atraído al saber que la mayoría de aquellos destinos contaban con ríos, lagos y cascadas; aquello lo vi como una oportunidad para asearme y refrescarme del sofocante calor. Tardé medio día caminando alrededor de 20 kilómetros para llegar al río

Micos, un lugar con corrientes de agua y pozas naturales y una vegetación exuberante. Aquello fue un remanso, logré deshacerme de mis harapos y me sumergí en sus aguas, sentí una grata sensación y un poco de la vida que se me estaba yendo regresó. No sé cuánto duré en el agua pero debieron ser horas y salí desnudo sin que me vieran, luego tomé la ropa de alguien que también había entrado a bañarse y hui de ahí. En el bolsillo del pantalón había unos cincuenta pesos y con ellos compré un refrigerio, una navaja para rasurar y un peine en un puesto cercano. Entré a un baño en los linderos del balneario y me acicalé y recuperé un poco el aspecto que tenía hace tiempo. Emprendí el viaje a las cascadas de Tamasopo, siguiendo los señalamientos caminé durante todo el resto de la tarde y la noche. Preguntando llegué al balneario y me escabullí para no pagar entrada y vi tres caídas de agua poéticas y armoniosas que me embelesaron, me sumergí en las aguas prístinas que descargaban y me quedé ahí por horas descansando de la larga caminata. Salí de aquél paradisiaco cuerpo de agua, me vestí y caminé por el lugar en busca de comida. Fue fácil encontrar restos de comida en el camino, tortas a medio comer, paquetes de galletas semivacíos y hasta un cartón de jugo de fruta casi lleno, recogí todo con discreción, no por pudor sino debido a que a pesar de que no pensaba regresar a casa sí deseaba recomponer algunas cosas, pensé que si deseaba alargar mi viaje y conocer muchos lugares debía de comenzar a ser inteligente y no parecer un vagabundo. Por la noche escuché una alharaca al compás de un grupo de tambores, había algunas antorchas encendidas y gente aplaudiendo y vitoreando un espectáculo callejero, me acerqué a aquella gente. Vi a varios artistas haciendo malabares, una mujer movía unas bolas pequeñas encendidas con fuego sujetas a listones que ella meneaba armoniosamente, un joven lanzaba y atrapaba cinco clavas simultáneamente y alguien más jugaba con lo que después supe le llaman *devilstick*, varios artistas más hacían movimientos asombrosos, maromas, pirámides y demás suertes pero quien más me impresionó fue un hombre barbado con rastas trepado en un alto monociclo al cual controlaba con un pie mientras con el otro balanceaba un sombrero tipo bombín al tiempo que malabareaba con cuatro machetes. Todo aquél espectáculo me pareció portentoso e inaudito sin embargo los certeros movimientos del machetero su sincronía y talento kinestésico me embobaron, la gente que presenciaba aquello estaba igual de azorada e impresionada, me sentía afortunado de ver todo ello. Al terminar la función todos aplaudimos extasiados, luego un integrante del grupo pasó un sombrero a los espectadores, yo lo eludí y me acerqué espontáneamente al machetero.

— Lo que hiciste fue impresionante — le dije.

— ¡Gracias carnalito, qué bueno que te gustó! — Me contestó y preguntó — ¿Ya diste coperacha?

Bajé la cabeza apenado.

— Hace poco me convertí en vagabundo, no traigo un quinto. — Le contesté.

— No se agüite carnalito, acá todos somos vagabundos por elección. — me contestó.

No le contesté pero esbocé una sonrisa tímida.

—Me llamo Efrén soy de Ensenada, llevo ya quince años de rol. — me dijo y yo le dije mi nombre y que era de Torreón. Aquella noche Efrén se ofreció a darme posada en la habitación del hostal donde se estaba quedando y me invitó una cena deliciosa como hacía mucho no había probado.

—Coma carnalito, coma que está muy flaco. — Me decía mientras yo me devoraba unas enchiladas potosinas. Luego de la cena salimos a pasear y Efrén forjó un canuto de hachís lo encendió y comenzó a fumarlo, me ofreció pero le dije que no fumaba. Charlamos animosamente aquella noche e incuso cantamos unas canciones que yo no conocía pero que resonaron en mi interior por los acontecimientos recientes en mi vida:

"Con corazones al centro

al centro del corazón,

con corazones al centro

al centro del corazón.

Soy el tejido, soy el tejedor,

soy el sueño y la creación,

soy el tejido, soy el tejedor,

soy el sueño y la creación."

Aquella canción me recordó las alucinaciones que tuve con el peyote, su letra a pesar de ser simple me pareció llena de sabiduría.

Al día siguiente ambos nos levantamos a las 10 de la mañana, llevaba muchísimas noche sin dormir tanto y tan plácidamente. Acompañé a Efrén a un bello paraje donde comenzó a sacar sus utensilios dispuesto a comenzar a practicar.

— Quiero agregar otro machete. — Dijo Efrén — Así que tengo que practicar ¿No quieres darle tú un rato?

— ¿Yo? ¿A los machetes? — pregunté atontado.

— No carnalito, no puedes correr sin primero haber aprendido a caminar. Dijo riendo mientras sacaba tres pelotas.

— Primero domina dos, hazle así. — me decía mientras me mostraba y continuó diciéndome — ya luego le agregas tres. Es terapéutico carnaval, te va a servir para tu depre.

Hice como me indicó y rápidamente comencé a practicar con tres pelotas al mismo tiempo. En menos de diez minutos ya dominaba tres.

— Sí la andas armando eh. —me dijo Efrén. Luego me enseñó variantes y diferentes movimientos que practiqué y rápidamente pude realizar. Efrén tenía razón aquello resultaba ser una especie de meditación que me hacía mantenerme en el aquí y el ahora, lograba percibir las parábolas descritas por las trayectorias de las pelotas, mis movimientos se coordinaban perfectamente y lograba incluso hacerlos de forma vistosa, aquello me tenía hipnotizado. Luego Efrén me entregó una cuarta pelota la cual tardé varias horas en incluir en mis movimientos, sin embargo antes de que las 5 de la tarde ya podía malabarear las cuatro sin problemas.

— Definitivamente tienes talento carnal. Deberías meterte con nosotros al show. — me dijo Efrén.

El resto del día seguí practicando, ensimismado con los movimientos y mi coordinación, mejorando y disminuyendo errores. Por la noche me presenté con aquél grupo que había cambiado de integrantes y variado en número.

— Siempre van y vienen las personas, de rato nos iremos nosotros también. — me explicó Efrén.

Durante el espectáculo me sentí libre, pleno, feliz, por un momento olvidé toda la carga emocional acumulada, mis penas se disiparon, volví a vivir.

— ¡Te luciste carnal! —me dijo Efrén.

Luego de la pequeña presentación Efrén me dio un poco más de 200 pesos en monedas pequeñas.

— Toma tu parte. — me dijo.

— Ahora yo invito la cena. —Le dije a Efrén.

— ¡Orale va! —me contestó.

Esa noche cenamos unos zacahuiles. Durante la cena platicamos amenamente y nos planteamos el futuro inmediato.

— Quiero aprender a hacer los malabares que haces tú.
— Le dije a Efrén.

— ¡En corto! Vas a aprender rápido. — me contestó.

— ¿De verdad lo crees? — le pregunté.

— ¡Claro que sí! Tienes un talento innato. Pero me tendrás que acompañar que quiero seguir dando el rol, mañana nos lanzamos para Xilitla.

Al día siguiente salimos muy temprano a Xilitla pedimos aventón y una camioneta nos llevó en su caja, el viaje duró unas dos horas y media. Antes de las 10 de la mañana ya estábamos nadando en las pozas del jardín de Sir Edward James, luego paseamos por aquél surrealista lugar, me pareció fascinante que alguien hubiera construido aquello, sólo por el puro gusto. Por la tarde volvimos a practicar y en la noche entre Efrén y yo dimos varias presentaciones de unos veinte minutos cada una.

— Nos rayamos carnalito. — me dijo Efrén.

Esa noche cada uno había sacado 854 pesos. Caminamos un poco por el sitio en busca de un lugar donde comer, antes de encontrar un restaurante observamos que había otro artista callejero dando una presentación y decidimos acercarnos para verlo. Nos acomodamos entre la gente y vimos a una hermosa mujer bailando hipnóticamente al ritmo de "Can't get enough of your love baby" de Barry White, utilizando su cuerpo y un aro de plástico dibujaba trayectorias sensuales y deliciosas que embelesaron a todos los espectadores y a uno más que a todos. Efrén estaba idiotizado, con la boca abierta no perdía detalle alguno de aquellos movimientos rítmicos y acompasados y de las siluetas descritas por las caderas de aquella bella artista. Al terminar el espectáculo Efrén se acercó inmediatamente y se presentó.

— Me llamo Efrén. — dijo con una sonrisa tonta a la joven.

— Yo me llamo Karina. — le respondió ella con una sonrisa traviesa.

Aquella noche cenaría solo y al siguiente día el grupo sería de tres. Duramos quince días más en Xilitla, luego fuimos a la cascada de Tamul, el puente de Dios y Minas Viejas. En todos los lugares nos fue muy bien, yo aprendí a andar en monociclo, la constante del movimiento era lo que me permitía no caer, igual que la vida, después en monociclo grande al cual Efrén le llamaba "jirafa", lo difícil era poder subir y aún más el bajar, pero varias caídas y raspones después pude dominarlo. En todo aquello llevábamos ya 3 meses recorriendo la Huasteca potosina.

— Hay un lugar más que quiero visitar. — dijo Efrén.

— ¿Cuál? — le pregunté.

— Aquismón. — me contestó.

Una vez en Aquismón Efrén, Karina y yo como era costumbre nos instalamos y paseamos por el lugar, luego tomamos una camioneta que llevaba turistas hacia el sótano de las golondrinas: una oquedad gigantesca y maravillosa en medio de la sierra potosina. Al contemplarla me sentí pequeño e insignificante. Eran alrededor de las 7 de la mañana, un murmullo invadió el lugar, tal murmullo le hizo cosquillas a mi tímpano causando oleadas de tranquilidad, el volumen del murmullo fue aumentando hasta que se escuchó el coro armonioso de miles de golondrinas emergiendo de aquella gigantesca cueva. Me conmoví ante aquél despliegue de vida y voluptuosidad emergiendo de las entrañas de la tierra, sereno y extasiado a la vez observaba, mis ojos bailaban tratando de seguir el vuelo de las numerosas aves, di gracias desde el fondo de mi corazón por presenciar aquello.

La Huasteca potosina me había cicatrizado las heridas, acampar en lugares tan hermosos a la luz de los cocuyos y las estrellas y dormir con el canto de grillos y chicharras más el susurro de las corrientes de agua, su clima cálido, su ambiente húmedo, sus vistas paradisiacas, cada instante y fragmento atrapado en la memoria y en el alma, la desnudez de la naturaleza virgen milenaria y sabia, todo eso reunido me comenzaba a sanar parchando mis yagas con flores y dulzura. La culpa que sentía seguía presente, pero el vivir aquellos momentos rodeado de tanta belleza y acompañado de mis nuevos amigos me habían hecho tanto bien.

Aquél lugar era sin duda un paraíso en la tierra, un jardín lleno de exuberancia, aguas cálidas y limpias, personas amables tanto lugareñas como visitantes, me había dado la certeza de que podía sobrevivir y me dio un oficio en poco tiempo que me permitiría seguir viajando. Una parte de mí deseaba instalarme para siempre en aquél sitio, visitando y revisitando sus hermosos parajes llenos de vida. Por otro lado al ver a Efrén y Karina juntos recordé a mi esposa y todo lo que aún la amaba y quise regresar pronto una vez que aprendiera lo que aquél viaje tenía que enseñarme.

Llegamos a un restaurante en Aquismón, acabábamos de tener una buena presentación y habíamos ganado buen dinero, aunado a ello estábamos hambrientos así que pedíamos platillo tras platillo. Una enorme y lujosa camioneta 4x4 se estacionó afuera de aquél restaurante y un sujeto con lentes para sol, texana y alhajas de oro bajó de ella. Aquél tipo tenía un aire prepotente, pude ver que además portaba un cinturón con una pistola. Se sentó en una silla del lugar y altaneramente pidió que se le atendiera, se quitó sus lentes y sombrero y yo quedé helado. Pude reconocer su rostro, se trataba de uno de los victimarios de Pedro y Juan, precisamente aquél que le había disparado en la cabeza a Pedro. Sentí escalofríos que recorrieron mi cuerpo, arcadas me invadieron y palidecí.

— ¿Qué te pasa carnalito? ¿Estás bien? — me preguntó Efrén.

Yo intenté responder pero apenas pude tartamudear algunas sílabas. Me levanté y fui al baño. Al cerrar la puerta del baño comencé a vomitar abundantemente. Una sensación de malestar me invadió y el pánico me volvió su presa. Seguía agachándome sobre el inodoro pero ahora sólo vomitaba mucosidad intestinal y cada vez lucía más pálido y cercano al color de un muerto. Recordé con lujo de detalles aquél disparo a Pedro y como su cráneo era despedazado y recordé esa sonrisa horrenda de aquél sujeto que acaba de llegar. Me vi en el espejo de aquél reducido lugar y vi unas ojeras colosales tras de las cuales había un patético cobarde. Rememoré aquella sensación de culpa y asco que había sentido por mí mismo y de la cual no me había podido desprender sino hasta que llegué al paraíso en el que me encontraba, sí recordé el infierno lúgubre y caótico que mis omisiones me habían causado, recordé el olor de mis orines y el de mi putrefacta alma inerte. Volví a sentir vergüenza y desazón, sentimientos voraces y abyectos me rodearon, quise detenerlos pero una cordillera de colmillos danzaba con muecas retorcidas frente a mí, en mis alucinaciones veía los cadáveres de Pedro y Juan levantándose y reclamándome por mi desidia. Quise sacudirme aquellos demonios que deseaban embriagarme de tristeza y en vez de ello vi de nuevo la cara de aquél asesino. Sin entender bien cómo desde lo más profundo de mis entrañas una ola de ira me invadió y me llenó de fuerza, apreté los dientes y me juré cobrar la vida de aquél asesino.

Al abrir la puerta vi a Efrén tirado en el piso y con sangre en su boca, aquél rufián le había golpeado con la cacha de su pistola. Aquél maldito tenía una mano sobre la boca de Karina y otra en su sexo. Yo tomé el envase vacío de una caguama y por la espalda le ataqué rompiéndole la botella en la cabeza. Aquél sujeto no se desmayó, debió estar drogado con cocaína o algo más, de su cabeza comenzó a brotar abundante sangre, tomó su pistola ensangrentada y me apuntó con ella, yo me lancé hacia él y lo derribé cayendo ambos sobre una mesa. Forcejeamos mientras olas de energía provenientes de la furia me electrizaban, pude hacerle frente a aquél fornido malnacido, durante los instantes de nuestra lucha. Un disparo salió del arma y una lámpara estalló, un segundo disparo me rozó el hombro, las detonaciones invadieron el espacio y encendieron aún más la furia llenándome aún más de poder y sed de venganza, pude girar con el sicario y caímos al suelo, tomé su muñeca derecha y azoté su mano contra el piso como quien martillando desesperada y repetidamente hasta que soltó el arma, una vez que lo hizo solté puñetazos como un maldito loco una y otra vez, mis puños y el rostro de aquél asesino se tiñeron del color escarlata, no me detuve, parecía un maldito poseído, perdí la razón, un trance siniestro secuestró mi razón y cada músculo de mi cuerpo deseaba desfigurar la mueca entumida de mi enemigo, no supe de mí por un instante. Tuvieron que sujetarme entre tres personas para separarme y que mi delirio se extinguiera y volviera en mí. El tipo estaba muerto. Efrén incorporado con la ayuda de Karina presenció aquél ataque de ira. Puso en mi mano todo el dinero que traía, me dio las gracias y me dijo que huyera.

Me escabullí entre el tumulto sintiendo como si todo aquello no fuera real, como si se tratara de un mal sueño o del despertar justo antes del verdadero despertar que precede a una resaca. Las personas me parecían meras masas amorfas con las cuales chocaba, mareado, desubicado y con una mirada perdida, caminé por callejones, y luego me perdí entre el bosque espeso de aquél lugar. Una vez que me hube internado lo suficiente me dejé caer, me sentía exhausto, era como si hubiera utilizado toda mi energía en aquél ataque. Desperté de noche y pude guiarme debido a mi buena visión nocturna, caminé para llegar a la carretera. Pedí un aventón en un tráiler sin preguntar hacia dónde se dirigía y me dormí en el asiento del copiloto. Al día siguiente desperté ya pasado el mediodía y agradecí a la persona que tan amablemente me había llevado cientos de kilómetros lejos de dónde me había convertido en homicida. Traía suficiente dinero y había aprendido suficientes malabares para seguir viajando a complacencia, sin embargo sentía un abismo en mis entrañas, había matado a un ser despreciable, pero era una persona al fin y al cabo, lo

había hecho con mis manos, furiosamente y sin piedad y

algo en mí corazón me apresaba.

Los médicos.

Me encontraba en Xalapa, Veracruz, de nuevo en un lugar en el que nunca antes había estado. Caminé por una calle empedrada que me pareció era antiquísima, llegué a una cafetería y consumí un pan con café. Decidí instalarme por un tiempo en aquél lugar para hacer algo de dinero y poder decidir mejor mi siguiente movimiento. Compré unos cuantos cambios de ropa, renté una habitación en un hostal y me preparé para descansar temprano y así iniciar la jornada con energía al siguiente día. Pero aquella noche las pesadillas me torturaron, la muerte fue la protagonista y mis muertos los actores secundarios. Soñé a mi hijo asfixiándose en su propio vómito incapaz de reaccionar mientras yo corría hacia él con una lentitud que me frustraba hasta la locura, luego vi repetidamente a Pedro y Juan morir desde varios ángulos, mientras su sangre me llenaba la cara, me veía orinándome a mí mismo tirado hasta que el charco se volvía una piscina en la cual nadaba, después estaba vomitando en aquél baño en Aquismón y por último hincado sobre un cadáver con mis manos encajadas en una masa deforme de carne ensangrentada que otrora fuera un rostro. Todo ello me despertó antes de la medianoche sin dejarme conciliar el sueño de nuevo.

Al día siguiente compré unas pelotas y clavas y encontré un crucero que a la postre sería mi lugar de trabajo. Mientras trabajaba pude ver a un indigente de esos que aparentemente se han desconectado por completo de la realidad en el camellón tapado con cobijas viejas y sucias que veía atento todas y cada una de mis intervenciones, a la postre él me vería todos los días y no perdería detalle de mis rutinas. Aquél día pude juntar bastante dinero con el cual comencé a reordenar mis asuntos, tramité documentos, credenciales e incluso mi pasaporte. Por la noche la historia se repitió con imágenes más detalladas y cruentas. Con el pasar de los días pude juntar dinero que me permitió hacerme de más utensilios, pude comprar un monociclo que después adapté como "jirafa", las noches de pesadillas e insomnio seguían depredándome y tristemente ya me estaba acostumbrando a ellas. Cada día mi espectáculo iba mejorando y mis ganancias iban en aumento al igual que mis pesadillas que cada vez se volvían más horrendas al grado de que muchas veces ya no deseaba dormir, si dormía era porque el cansancio me derrotaba, y el adentrarme en el mundo onírico suponía solamente sumergirme en tormentosos sueños de encarnizado sufrimiento que después me dejaban en vela por el resto de la noche con una resaca de miedo y tristeza. Aquella lúgubre rutina nocturna comenzaba a hacer mella en mí, me veía más flaco de lo que ya de por sí estaba y comenzaba a lucir más viejo de lo que era, mi espíritu se asfixiaba entre la culpa de mis omisiones y el de mi terrible crimen. Aun así decidí seguir adelante, sin tener objetivos materiales, sin una brújula que me guiara a algún destino y sin deseos fatuos, quise seguir continuando, día a día, instante a instante, me propuse ser capaz de vivir el aquí y el ahora perpetuamente tal y como lo había logrado por instantes en el desierto y en la Huasteca, quise también ser ecuánime sin importar mi pasado, mi situación y el lugar en el que me encontrara y quise abolir aquellos tortuosos desvelos que se habían convertido en mis puntuales verdugos nocturnos.

Luego de un mes en Xalapa ya estaba perfectamente instalado alquilando un departamento amueblado, tenía todo un kit completo de malabarista y había ya incorporado nuevas rutinas y suertes. Me había propuesto manejar los machetes como mi amigo Efrén, aquello se me antojaba difícil e incluso riesgoso, pero me sabía capaz si me empeñaba y le dedicaba el tiempo necesario. Cada día le dedicaba dos horas enteras a la práctica con aquellos filosos instrumentos, poco a poco iba avanzando logrando ganar habilidad y confianza, luego de una semana de práctica decidí integrar todos los ensayos en una rutina muy parecida a la última que le vi a Efrén. Subí a la "jirafa" con cuatro machetes, me equilibré con una sola pierna mientras, con el pie libre balanceaba un bombín, una vez logrado el equilibrio dinámico me propuse a malabarear, con sorpresa, gusto y orgullo vi que era capaz de emular aquella proeza que antes me había dejado impresionado, cada movimiento y paso estaba perfectamente sincronizados en una danza maravillosa. Luego atrapé mal un machete, me corté en el espacio entre el dedo pulgar y el índice, caí desde la "jirafa" golpeando aparatosamente mi rodilla izquierda, mientras que un machete más me golpeaba la cabeza causándome una herida de la cual salía bastante sangre. Ensangrentado, adolorido y muy feliz corrí a la farmacia más cercana.

En los días que siguieron perfeccioné la técnica y seguí afilando los machetes, comencé a probar suerte en mi semáforo y tuve éxitos rotundos, la gente me observaba desde sus coches y la calle y algunas personas me daban hasta 500 pesos. A la holgura con la que vivía pude añadir que ahora podía ahorrar buenas cantidades de dinero trabajando apenas unas cuantas horas al día, aunque poca, compré ropa de buena calidad, fresca y cómoda, arreglé mi monociclo y reacondicioné mis utensilios, todo iba bien en ése aspecto aunque por las noches prevaleciera el lastre que seguía aguijoneándome de forma constante y dolorosa.

Un día llegué a la hora acostumbrada al crucero que solía utilizar, para mi sorpresa encontré a aquél indigente quien era mi asiduo espectador lanzando unos trapos hacia arriba y atrapándolos como si quisiera malabarear con ellos. Lo observé por unos momentos, lucía ensimismado y concentrado, afanoso en hacerlo bien, sacaba la lengua como quien busca hacer las cosas con precisión y lograrlas adecuadamente. Cuando las luces del semáforo estaban a punto de cambiar se disponía a acercarse a los coches a pedir dinero sin éxito, luego al cambiar a color verde el semáforo salía despavorido y torpe a subirse al camellón. Varias veces lo vi repetir aquello en forma divertida, sus atrabancados y poco sincronizados movimientos le daban un aire infantil que me despertaba ternura. Su cabello era corto en algunas partes y muy largo en otras, enredado en su mayoría y con algunas rastas hechas naturalmente por la ausencia de cepillado, no se podía distinguir el tez de su piel ya que una capa gruesa de grasa le cubría en su totalidad y le hacía parecer de lejos afroamericano, vestía literalmente con harapos y se podía percibir su olor a media cuadra de distancia. Por fin decidí acercarme a él mientras estaba esperando en el camellón a que la luz se pusiera en color rojo. Toqué su hombro para que se girara y reaccionó sorprendido, casi podría decir que se asustó, con ojos desorbitados me gruñó:

— Semáforo mío.

Yo solté una carcajada y me retiré. Al otro lado del crucero observé su faena durante horas hasta que me fui a casa.

Al día siguiente decidí llegar más temprano y para mi sorpresa mi compañero de malabares ya se encontraba ahí repitiendo lo que le había visto hacer el día anterior. Decidí acercarme a la primera oportunidad y él reaccionó de la misma manera. Quise esperar un poco, sentado en una banca de aquél camellón, me impresionó su inagotable energía, una y otra vez repitió aquello, de nuevo estuve horas viéndolo, estaba a punto de anochecer y por fin vi a aquél malabarista dispuesto a descansar. Lo vi acomodar un lecho en un pedazo del camellón que tenía césped y acostarse en él. En ningún momento se preocupó por mi presencia e incluso me ignoró, apenas si recargó su cabeza comenzó a lanzar sonoros ronquidos. Sentí envidia de su buen sueño y como parecía iba a ser una noche tranquila y de buen clima decidí quedarme en vela en aquél lugar, luego de unas horas en aquél sitio decidí ir a un puesto cercano de tacos al pastor, comí una orden y me llevé otra, pagué y llegué a una tienda 24/7 a comprar un café. Cuando regresé vi que aquél malabarista se había retirado, sin embargo decidí quedarme a esperarlo. Comenzaba a despuntar el alba cuando lo vi regresar, se detuvo a hurgar en un bote de basura cercano.

— ¡Hey tú! ¡Ven acá! — le grité desde donde estaba. Él volteó extrañado hacia todos lados, pero incrédulo volvió a hurgar.

— ¡Hey! Te estoy hablando. — insistí. Esta vez volteó más desconcertado y extrañado y cruzamos miradas.

— ¡Sí, tú! A ti te estoy hablando. — le dije viéndole a sus ojos, los cuales se abrieron de asombro, hizo muecas y sacudió su cabeza mientras le hablaba.

— Yo a ti te conozco. Vives en éste camellón y has estado viendo mis rutinas de malabares y ahora te quieres quedar con el semáforo cuando lo podemos compartir. —

le dije. Una sonrisa chimuela se dibujó en su rostro.

— ¡Ven, acércate! Tengo algo para ti. — le dije

mostrándole el paquete donde tenía una orden de tacos al

pastor. Mi nuevo amigo se acercó y me arrebató el

paquete al tiempo que lo destripó y se devoró en instantes

su contenido. Después de ello se me quedó viendo

indeciso sobre si irse o quedarse, con mi mano palmeé el

espacio vacío de banca, dubitativo se sentó, juntos en

silencio vimos alzarse por completo al astro rey. Viendo

el sol, invicto irradiando su luz con aquél nuevo amigo

sentí un momento de paz que en verdad agradecí.

Luego de presenciar el amanecer le pregunté su nombre,

él sólo volteó a verme y sonrió. Parecía que lo hubiera

olvidado o quizá nunca tuvo uno, me acostumbré a pasar

los días con él en el crucero, en silencio sólo

contemplando transeúntes, coches, aves, árboles y a

veces nada, sólo dejando que el ojo se desenfocara y borrosamente comenzara a atisbar el todo en una fotografía difusa pero prometedora. Su historia nunca la supe, era como si hubiera sido borrada a cada instante después de ser escrita, muy probablemente ni él la sabía, era como un buscador de la verdad comprometido con la disolución de su ego a grado tal que la tarea de olvidar todo vestigio de un falso yo. Cuando su mirada no era extraviada era la de un nombre feliz, a veces parecía de 10 años, a veces se veía como un anciano sabio que había sabido entender a la vida. A pesar de que le compraba la comida él no perdía la oportunidad de saquear los basureros en busca de un pedazo de pan, siempre buscaba pagarme los favores e incluso llegué a pensar que él tomaba los alimentos que le proporcionaba como pago a sus intervenciones en el semáforo, quise enseñarle a malabarear pero fueron estériles mis intentos, también quise llevarlo a vivir conmigo para que ya no durmiera a la intemperie pero él siempre prefirió aquél camellón, los mismos resultados obtuve cuando quise comprarle ropa, bañarlo o cortarle el cabello. Lo que sí pude hacer con él fue pasear por la ciudad, paseamos por el parque Juárez y con un poco de ingenio también por el parque los Tecajates, donde sin consideraciones se zambulló en el agua de sus fuentes. Con él me acostumbré al silencio, extendí mis meditaciones más allá de las que me brindaban los segundos en los que malabareaba y me olvidaba del mundo. Aunque mis pesadillas seguían presentes por las noches un remanso había llegado a mi vida. Sin palabra alguna en nuestros "diálogos" había logrado sentir una gran filiación por mi amigo, así le decía "mi amigo". Me parecía que había logrado entender muchas más cosas con mi amigo que con cualquier lección esotérica o de libro de magia, para ése entonces había reanudado mis estudios metafísicos pero las mayores satisfacciones las había alcanzado en el abrigo del silencio que me proporcionaba aquella compañía, sentía una genuina amistad y sentía que era recíproca, mi amigo me brindaba cariño sin darme abrazos, consuelo sin brindarme palabras y en general sentía que el más favorecido con aquella camaradería era yo. Me cambié de domicilio a uno que estuviera más cerca de aquél camellón sólo para estar pendiente de él. Cuando sonreía con todo y aquella falta de dientes iluminaba mi día y hacía que mi corazón sintiera una calidez fraternal que durante tantos años anhelé. Así pasaron los días que se volvieron meses, sin pensarlo me estaba enraizando en aquella ciudad que se había convertido en un *ashram* para mí y volviéndome más y más cercano a mi amigo quien se había convertido en mi maestro y aunque mi cuerpo seguía enfermo sentía que él había sanado una parte muy importante de mí.

Una tarde soleada y calurosa estábamos como de costumbre en el crucero trabajando mi amigo y yo, subí a la "jirafa" y comencé una rutina intrincada con cinco machetes, de pronto mi vista se nubló, se desdibujó mi visión y todo lo que había enfrente de mí se borró, sentí que mis fuerzas me abandonaron y a mi cuerpo desfallecer y ya no supe de mí.

Hallábame en un jardín de peyotes sicodélicos, en donde cascadas de abundantes aguas surcaban los paisajes, al pie de una cueva gigantesca de donde salían miles de aves había un castillo con escaleras que llevaban al cielo y a lugar ninguno, ahí los conflictos culpas y desavenencias habían desaparecido, mi familia estaba ahí, todos vivos, Pedro, Juan, Efrén, Karina y mi nuevo amigo también haciendo intrincados malabares, todos con una sonrisa, plenos dichosos, mi corazón latía al unísono del pulso universal, conectado con el todo, con lo minúsculo y lo descomunal, las delicias desfilaban por aquí y allá materializadas en criaturas de sutil apariencia, los placeres emergían como peces voladores de las pozas de agua llevando súplicas de amor a las copas frondosas de los árboles, un éxtasis sublime hacía caer un rocío acaramelado que endulzaba el ambiente con una atmósfera divina y singular y ella, juvenil hermosa, inmaculada con sus besos me reanimaba sintiendo yo como el alma me crecía, me inundaba y me volvía a la vida, mi esposa más bella, más tierna, más linda y yo más enamorado que nunca, quise besarla, quise alcanzar sus labios y perderme en ellos, delirando la quise abrazar, alucinando la quise meter en mi pecho y nunca más dejarla ir por todos los dioses, por todos los demonios, por todos los santos y malditos del mundo y de los mundos…

La alcancé, la besé, fue un beso de esos donde la saliva y el deseo se intercambia a montones aquél líquido era dulce pero de un sabor que nunca antes había probado, el fluido me vigorizó, como cafeína inyectada directa en el torrente sanguíneo sentí que mis sentidos uno a uno se iban encendiendo, al abrir los ojos, vi…

— ¿Quién eres tú? — pregunté. Era una mujer joven, bellísima y en cierta forma me recordaba a mi esposa cuando era adolescente.

— Muchas gracias. Soy Mariana. — dijo y yo le dije mi nombre.

— ¿Por qué me agradeces? — le pregunté. Ella siguió hablando.

— Estaba pasándote estas yerbas de mi boca a tu boca. Discúlpame pero te veías muy mal, no respondías y fue lo único que se me ocurrió y de hecho funcionó. Juanito te trajo aquí.

— ¿Quién? — le pregunté.

— Juanito, el muchacho que vive en el camellón del semáforo donde trabajas.

— ¿Se llama Juanito? — pregunté atontado.

— La verdad es que no lo sé, pero yo le digo así. — me respondió Mariana.

— ¡Ah! — Contesté estúpidamente y seguí preguntando — ¿Qué hierbas eran?

— Un montón. — Me contestó y refunfuñó — ¿Importa eso ahora?

— Lo siento. — atiné a decir.

— Está bien. — me contestó Mariana.

— ¿Cómo es que sabes dónde hago malabares? Yo nunca te había visto antes. —le pregunté.

— Todo mundo acá te ha visto, casi podría decir que eres
una figura célebre que ha emergido en los últimos meses
en el paisaje citadino acá en Xalapa. Yo te he visto
muchas veces y sabía que eras amigo de Juanito.

— ¿Y tú cómo conoces a Juanito? — le pregunté.

— Misma historia, él está ahí desde hace años, nadie sabe
cómo se llama, tú ahora mismo estás en una hierbería que
está a unos cuántos pasos del semáforo, Juanito solía
venir a pasar el rato acá hasta antes de que te hicieras su
amigo. — me explicó Mariana.

— ¿Y por qué estoy aquí? — seguí preguntando.

— Eres muy preguntón. — Dijo Mariana regañándome,
pero finalmente contestó — Lo he curado muchas veces
de raspones, ha llegado insolado, algunas veces

hambriento y le he invitado comida, supongo que cuando
te vio desmayarte fue el primer lugar en el que pensó.

— Perdona si hago tantas preguntas. — le dije.

— Está bien. — me dijo.

— ¿Y Juanito? — le pregunté.

— Te trajo cargando y se fue de nuevo a su camellón. —
Me contestó Mariana y preguntó — ¿Tú cómo le dices?

— Le digo simplemente "mi amigo" — le respondí.

— ¡Oh! Eso es muy tierno. — me contestó Mariana
esbozando una sonrisa celestial. Por un instante me quedé

atónito, sentí culpa por encontrarla tan atractiva y bajé la cabeza.

— Te has puesto como un jitomate. — me dijo riéndose. Debí haber enrojecido aún más porque añadió.

— Sigues poniéndote más y más colorado. — dijo ella mientras empezaba a carcajearse. No supe en qué grado me sonrojé, pero sus carcajadas llenaron aquél lugar durante un buen rato. Cuando hubo recuperado la compostura añadió.

— Está bien, ya fue suficiente. Disculpa, eres muy gracioso. ¡Vaya! Hacía rato que no me reía tanto. Pero hay algo que me preocupa, no gozas de buena salud, eso es evidente.

Yo asentí. De un estuche sacó unas cartas y me pidió barajarlas.

— Te leeré el tarot. — dijo con aire serio. Yo le entregué el mazo que abrió en una mesa pequeña que acababa de sacar.

— Elige tres cartas por favor. — me dijo Mariana. Tomé tres cartas y ella las acomodó en el orden en que las había tomado.

— El arcano sin nombre, la casa de Dios y el loco. — Dijo al tiempo que volteaba las cartas y continuó — Todo comenzó con una gran transformación que te fue, no, mejor dicho, te ha sido muy dolorosa, es algo que ha cimbrado tu vida entera y la de tu familia.

Yo asentí de nuevo.

— Esto que ha pasado y que te ha transformado te ha hecho incluso abandonar tu hogar, pero no es sólo eso, has abandonado todo, incluso a ti mismo, todo lo que tenías y amabas y todo lo que habías construido. — me siguió explicando Mariana.

Guardé silencio mientras escuchaba.

— Y el loco es una representación tuya, no sólo lo has dejado todo sino que además has emprendido el viaje más importante de tu vida, has puesto todo tu empeño y todo tu ser, tu instinto te empujó y cediste al llamado de tu conciencia. Pero la tirada no puede terminar aquí, es una carta con un montón de energía. Pero ¿Hacia dónde va esa energía? Saca otras tres cartas por favor. — me pidió Mariana.

Obedecí en el acto y saqué sin titubear tres cartas.

— El diablo, la luna y el colgado. — leía mientras enderezaba las cartas y siguió explicando — Has pasado por cosas difíciles, te has topado de frente con un lado muy oscuro de tu persona que ni siquiera sabías que poseías, esto ha hecho que no puedas conciliar el sueño y a las noches las has vuelto a utilizar para la magia, esto te ha debilitado, te has acostumbrado y no has hecho nada al respecto, pero hoy el cuerpo te ha pasado factura.

De nuevo me quedé callado. Estaba impresionado por su precisión a pesar de saber que el tarot era en efecto una gran herramienta para dilucidar y esclarecer problemas en el presente.

— Es necesario curarte. — Continuó Mariana — De no hacerlo es posible que mueras pronto.

— Lo he presentido desde hace tiempo. — le contesté.

— ¿Y por qué no has hecho nada? — me preguntó enfadada.

— Ahora mismo soy el colgado, dejo que las cosas ocurran, la muerte me ha merodeado tantas veces, la he visto ocurrir e incluso he sido su secuaz, ello me ha costado la tranquilidad de mis noches, he muerto varias veces así que siento que morir físicamente es sólo el paso que me falta, lo he dejado todo. ¿Por qué no dejarme morir? — le contesté.

— Porque la vida es el máximo regalo y hay que vivirlo intensamente hasta sus últimas consecuencias. — me dijo enojada.

— Dices bien, así debe ser para alguien tan joven como tú que tiene muchos caminos por recorrer. — le repliqué.

— ¡No seas cobarde! Nadie sabe cuánto vivirá, no sabemos a quién de los dos le queda más vida. Hay que vivir como si fuera el último instante, respirar como si fuera el último aliento, saludar como si fuera el primer hola, despedirse como si fuera el último adiós, deja de lamentarte y vive y no te dejes morir, extiende la vida lo más que puedas, experimenta, degusta lo nuevo, explora cada rincón del alma y del mundo, fluye con el devenir, pero no seas arrastrado como un trapo, sorpréndete con los porvenires, pero no seas una veleta, desnúdate pero protégete de las ventiscas para que no mueras congelado. ¡Maldita sea, la vida no es para pusilánimes! — me dijo casi gritando.

— Respeto tu realidad, pero tú no sabes por las que he pasa...

— ¡Tú eres el que no sabe por las que he pasado yo! — gritó Mariana.

Las lágrimas brotaron de sus ojos, lucía como una santa virgen llorando por la humanidad, emanaba pureza y encanto, aquella escena me conmovió y me sentí apenado.

— ¡Discúlpame! No fue mi intención. — le dije.

— ¡No! Discúlpame tú a mí. No debo ponerme así, lo que pasa es que…

Ella no terminó la frase. Por primera vez un breve pero incómodo silencio se hizo presente entre ambos. Me dispuse a hablar.

— Agradezco tu interés. — dije, pero ella me interrumpió.

— ¡Calla! Serás curado y yo te ayudaré. Esto no me lo dijo el tarot, esto me lo dice mi intuición. Tú clamas por ser curado, para eso es tu viaje, para sanar, aún tienes cosas que hacer y aún añoras regresar, y regresarás. — me dijo enjugándose las lágrimas.

— ¡Que así sea! — le contesté.

— Te curaré con hongos, saldremos mañana mismo. — me dijo Mariana.

— ¿Iremos con los hijos de María Sabina? — pregunté.

— Por los hongos no se paga y ellos cobran y mucho. — me contestó.

— Entonces. ¿A dónde iremos? — volví a preguntar.

— A San Pedro Tlanixco. — Me contestó y añadió al tiempo que me daba una botella — Toma esto y ve a descansar, bébelo antes de que duermas.

Le agradecí por toda su ayuda. Salí de aquél lugar desconcertado pero repuesto, una parte de mí se sentía feliz porque un ser tan bello y mágico como Mariana se preocupara por alguien a quien apenas conocía. Fui con mi amigo, mi primer médico, le agradecí que me ayudara y me llevara con Mariana, aquél agradecimiento incluyó todas las horas de compañía que hasta entonces me había brindado y todo el bien que me había hecho, me despedí de él diciéndole a dónde iba a ir y prometiéndole que regresaría, sin saber si me había entendido le di un afectuoso abrazo que me sorprendió que él aceptara, aquél abrazo fue reparador y reconfortante. Fui de paso al banco para sacar suficiente efectivo, en casa tomé mi tarjeta para tener dinero por cualquier emergencia, hice un pequeño morral con tres cambios, desarmé mi "jirafa" y la empaqué junto con mis machetes, guardé una casa de campaña, metí todo en una enorme mochila de viajero y me dispuse a descansar. Bebí totalmente el contenido de la botella que me había dado Mariana, su sabor me recordó aquél idílico sueño donde los labios de mi esposa se encontraron con los míos, una sensación de bienestar me llenó el cuerpo. Sentí como mis músculos se relajaron y mis párpados empezaron a ceder, mi respiración se hizo pausada y mis pensamientos comenzaban a desvanecerse, una nube de blancura invadió mi visión, la serenidad lo llenó todo. Me sentí profundamente agradecido, confiaba en la sentencia de Mariana: "Te curaré con hongos" había leído bastante de farmacología y sabía que aquello era cierto y más allá de eso, confiaba en esa hermosa joven que fortuitamente había conocido. Me intrigaba el interés que tenía en ayudarme pero lo acepté, sentía que era la vida que se balanceaba y compensaba las tenebrosas sombras que me oscurecieron con la luz maravillosa de aquél ángel que me estaba ayudando. Era feliz, no tenía certeza de nada pero me emocionaba lo que vendría, lo que me aguardaba, la incertidumbre era maravillosa. Antes de caer dormido hice una oración, agradecí por aquellos meses en Xalapa, por mi oficio y el beneficio obtenido de él, agradecí por mi amigo, aquél médico que me había sanado una parte importante del alma y por aquella médico que dispuesta estaba a sanarme, agradecí por la vida que aún conservaba, agradecí por cada cosa que me había ocurrido, pensé en mi hijo, en Pedro, Juan, Efrén y Karina, pensé en el jícuri y en el hongo sagrado al cual iba a conocer.

Aquella noche dormí como hacía mucho no había dormido, no tuve sueños de ningún tipo o al menos no recuerdo haberlos tenido, desperté temprano pero totalmente energizado, repuesto, con ganas de vivir. Me maravillé una vez más de la gran sabiduría de Mariana y agradecí una vez más poderla haber conocido.

La medicina.

Apenas terminé de prepararme luego de una ducha y llamaron a mi puerta, abrí y me sorprendió ver a Mariana.

— No te sorprendas, yo ya sabía que vivías aquí desde hace tiempo. — me dijo.

— Sí me imagino que era lógico que lo supieras hace meses que salgo de aquí, camino unos cuantos metros y llego al crucero. — le dije.

— Sí exacto, eso es. — se apresuró a decir.

Tomé mis cosas y salimos a la CAXA, tomamos un autobús directo a Toluca, el viaje duró alrededor de 5 horas. Al llegar a la Terminal de Toluca dejamos nuestros equipajes encargados y salimos a caminar un poco por la ciudad, comimos tortas de chorizo en La Vaquita Negra del Portal en el centro histórico de Toluca a recomendación misma de los lugareños.

— Creí que era necesario abstenerse de carne para comer hongos sagrados. — le dije a Mariana.

— En efecto, pero se necesita una semana al menos y no tenemos tanto tiempo. — me respondió.

Yo me quedé un poco preocupado con aquella respuesta, pero decidí confiar y abandonarme al flujo del viaje.

Vistamos el jardín botánico Cosmovitral, al ver esos vidrios de colores en su techo y paredes acomodados como una red sicodélica recordé las destellantes imágenes que me habían regalado mis sesiones con el cactus sagrado. Había un dibujo circular que me recordó al Hombre de Vitrubio y no sé por qué razón me pareció que yo estaba en él. Regresamos con provisiones para dos días a la terminal y ahí abordamos un camión con rumbo a Tenango del Valle, luego de casi una hora de camino Mariana me indicó que bajáramos, fue un poco antes de llegar a la estación de autobuses, ahí tomamos un taxi rumbo a San Pedro Tlanixco. Una fina cortina de lluvia estuvo presente mientras avanzábamos cuesta arriba. Frondosos árboles adornaban el paisaje y el clima fresco predominaba, el aire estaba enrarecido, parecía que la considerable altura con respecto al nivel del mar era la causa. Me comenzaron a zumbar los oídos, una extraña sensación mezcla de ansiedad, emoción y hasta locura me invadió.

— ¡Aquí bajamos! — exclamó Mariana.

No había nada en especial en donde bajamos, sólo una carretera de un carril de ida y uno de vuelta, casas en los lados, algunos viveros de rosas y muchos árboles. Tomamos nuestras cosas. Y nos internamos en el bosque, caminamos alrededor de media hora. En el camino vi muchos hongos, pero todos fueron ignorados por Mariana.

— Es curioso ¿sabes? — Dijo Mariana — Muchos hongos crecen en el estiércol. Me parece una bella metáfora de como del fango, de la energía más densa y despreciada, nace algo tan hermoso. ¡Vaya qué diablos! Si no pudiéramos cagar moriríamos, la mierda es algo de lo más necesario en éste mundo y la gente lo desprecia, es abono para las plantas, es vida. Mucha gente dice: "Fulanito es una mierda" refiriéndose a que es despreciable y es un tal por cual. Pero ¿sabes? Para empezar es estúpido hablar mal de las personas porque al hablar mal de alguien hablas mal de ti mismo y en segundo lugar, ya que estás cometiendo esa estupidez, lo haces de forma torpe porque la mierda es algo de lo más funcional en la vida.

A mí me causaba gracia la verborrea de Mariana y la dejé hablar.

— Bueno, me desvié un poco, disculparás mi prosaico lenguaje, siempre me pasa que hablo mucho con las personas que vienen conmigo acá.

— ¿Has venido muchas veces? — le pregunté.

— Sí, ya perdí la cuenta. — me respondió.

El camino se volvía cada vez más escarpado. Mariana continuó hablando.

— Creo que me preparo, hablo mucho para que en la ceremonia se hable sólo lo esencial, lo indispensable y no haya desperdicio de energía. ¿Sabes? Antes cuando la humanidad estaba en la mañana de los tiempos, cuando la conexión con la tierra y nuestra naturaleza era estrecha, cuando conocíamos el ciclo de la vida y lo respetaba…

¡Ah! ¡Pisé mierda!

Yo solté una carcajada y luego me secundó Mariana.

— Seguro es mierda de caballo. — dijo Mariana.

— Tienes razón. — le contesté, luego Mariana continuó.

— Descansemos un poco para que me limpie las botas y te siga contando. Te decía que antes de que la humanidad perdiera el camino.

— Perdona que te interrumpa, pero ¿Por qué crees que la humanidad perdió el camino? —le pregunté.

— Esa es buena pregunta. — dijo Mariana.

Ambos suspiramos un poco al recordar las atrocidades del mundo. Mariana continuó.

— Quizá debiéramos cambiar nuestro lenguaje y no ser tan fatalistas y aceptar las cosas como son, dar gracias por estar vivos y… ¡Ya está! Pero eso se antoja complicado. Debe haber un balance. Lo que ocurre debe ocurrir, es parte del aprendizaje, todo lo que nos pasa nos da forma, nos esculpe, forma parte de nuestro crecimiento.

Mientras hablaba yo recordaba todo lo que me había ocurrido en el pasado reciente, todo el dolor que había asimilado y que a pesar de los pesares me había ayudado a crecer. Mariana seguía hablando.

— Pero también debemos ser conscientes de que el orden natural ha sido transgredido y del dolor que infringe la humanidad hacia la misma humanidad, la tierra y todo lo que en ella habita. Así podemos ser conscientes del diagnóstico y ése es el primer paso para sanar. Pero volviendo a tu pregunta: "¿Por qué la humanidad perdió el camino?" Bueno, creo que no supimos responder a esos problemas que se nos presentaron como las glaciaciones, la gran catástrofe del volcán Thera, las desertificaciones y bueno…

Mariana volvió a tomar un suspiro y siguió.

— Todo ello hizo que el hombre migrara del uso predominante del hemisferio derecho al izquierdo, dejamos los lenguajes matrísticos y simbólicos y los cambiamos por los escritos, racionales y patriarcales. Nos inventamos la propiedad privada y no me malentiendas, no soy comunista ni *hippie* ni nada de eso, pero eso ha traído más desgracias que beneficios. No lo sé, tal vez alguna vez fue útil, pero creo que desde hace mucho ya no. También nos inventamos la guerra para que unos pueblos más bárbaros que otros les quitaran sus recursos, sus tierras y hasta sus mujeres y aquello nos pareció bueno y lo seguimos practicando pero exageramos y ahora los más degenerados lo han impuesto como *modus vivendi*. Entonces creo que tomamos decisiones producto de cruentas circunstancias y aquellos a quienes más provecho les dejó siguieron imponiéndolas, de a poco la gente, el pueblo y ahora los ciudadanos de a pie las han normalizado porque no conocen más. No nos permitimos divagar con otras opciones y formas de coexistir y si lo hacemos las bautizamos como utopías imposibles de alcanzar, desvaríos de locos idealistas carentes de practicidad. Es necesario que reconsideremos lo que significa ser humano.

— Es una bonita respuesta. — le dije.

— Para mí es la única respuesta. — me contestó.

Saber que ella tenía ése tipo de consciencia me reconfortó, a pesar de que una cosa son las ideas y otra las acciones, mi corazón me confirmaba que Mariana era un bello ser con hermosas intenciones e ideales. Ella continuó.

— Pero te estaba diciendo, cuando estábamos conectados y desde que existimos como humanos consumimos alucinógenos, es parte de lo que somos y siempre hemos sido y debemos dejar de penalizarlos, quitarles el estigma. ¡Maldita sea! Se inventaron la guerra contra las drogas para frenar el subidón de consciencia de los años 70. ¡Hay pinturas rupestres de alucinógenos, carajo! Por eso el hombre inventó la religión, porque azorado por las visiones inducidas por las plantas sagradas donde encontró mundos nuevos, profundas realidades y la consciencia que se le escapaba de las manos quiso primero extender aquellos estados alterados y segundo quiso poder interpretarlos, utilizarlos para que el infierno de su vida se convirtiera en el paraíso de conexión con el todo y todos que tímidamente había atisbado en el sopor del psicoactivo. Incluso a partir de ello hubo civilizaciones enteras que algunos llaman mágico – alucinatorias, quizá los toltecas, quienes no fueron propiamente un pueblo construyeron su cosmovisión gracias al "sapito". Huelga decir que muy probablemente toda mitología humana es la excreción luminosa, el vestigio somero y la dulzura divina que dejó la resaca del uso los alucinógenos. Hay quien dice que Moisés se dio unos viajesotes antes de bajar con las tablas de la ley.

Yo reí estrepitosamente. Mariana siguió hablando.

—Lo digo en serio y eso se puede decir casi de cualquier profeta. Y bueno ahí está Hoffman ¿Qué no? Además están comprobados efectos terapéuticos y un largo etcétera. Bueno, tú sabes algo de ello, ya los has experimentado.

— ¿Cómo lo sabes? — le pregunté sorprendido.

— Simplemente lo sé. — me contestó Mariana.

— Pero ¿cómo? — insistí.

— Lo siento, casi lo veo. — me dijo.

— ¿Qué es exactamente lo que sientes o ves? — volví a preguntar.

— Es inefable, no sé cómo explicarlo, a veces, bueno, la mayoría de las veces percibo cosas de la gente, si es egocéntrica o desprendida, bella u horrenda, y lo sé los adjetivos son odiosos, pero percibo cosas de la gente. Por ejemplo con Juanito, tu amigo, percibo algo tan puro y tan bello, es indescriptible. Sabes a qué me refiero ¿o no?

— Sí sé a qué te refieres. — le dije.

— Lo mismo es con las personas que han accedido a otras realidades, puedo percibir que han estado ahí, aunque quizá ya no lo estén. Puedo percibir que has estado ahí. ¿Cómo? No lo sé, sólo lo sé. — me dijo Mariana.

— Tienes razón, he estado ahí. — le contesté.

— Cuéntame cómo fue. — me pidió Mariana.

Yo tragué saliva, la experiencia me había dejado muchas enseñanzas pero la asociaba a las tragedias que había vivido en mi vida.

— Sé que ha sido difícil, sé que a la sabiduría le ha acompañado el dolor, puedes omitir detalles o cosas que te hieran, sólo quiero conocer tu experiencia con el alucinógeno. — dijo insistiéndome y yo comencé a relatarle.

— Yo no lo busqué, sino que se me presentó la oportunidad.

— Como ésta sanación que estás por comenzar y como todo viaje iniciático. — apuntó Mariana.

— Fue con el peyote, más allá de la psicodelia, vi "la red."

— La red crística a la que todos estamos unidos. — complementó Mariana.

— Me sentí profundamente conectado con todo y con todos, vi cosas que aún no sé qué significan, en cierta forma no me parece que tengan sentido.

— Todo tiene sentido, quizá conscientemente no puedas interpretarlas pero sí puedes hacerlo en otros niveles. — añadió Mariana.

— Dos veces el peyote se antropomorfizó y me habló, sus palabras fueron funestas, me auguraban malos tiempos y así pasó. — le dije a Mariana.

Un silencio se hizo presente, parecía como si ella supiera de lo que hablaba. Luego continué.

— Hasta antes del peyote toda mi vida fue sencilla, tuve una bella infancia y pude salir adelante, pero después de él pasaron cosas que aún me siguen doliendo, que de hecho cambiaron mi vida y la forma en que la veo. Poco a poco las he superado pero siguen ahí, en mis pesadillas me atormentan y me causan desvelos.

— Eso es lo que nos ha traído hasta acá. — dijo Mariana.

— Tengo miedo de que algo similar ocurra con los hongos. — le dije.

— Lo entiendo, pero la vida sencilla corroe y lo que te pasó se venía gestando desde hacía ya mucho tiempo. — contestó ella.

— No sé si quiero hacer esto. — le dije.

— Ningún alucinógeno ni ritual con alucinógeno es realmente indispensable ni para expandir la consciencia ni para sanar, todo lo que realmente se necesita está en nuestro interior, a ello se accede con meditaciones profundas para habitar en el silencio aunque sea por unos momentos, ahí residen todas las respuestas, es aquél espacio que abarca todo el universo y es ése instante que dura toda la eternidad, la sabiduría de todas las eras, contadas y no contadas, escritas y no escritas, perdidas y por venir. Aquél átomo que conservas cuando tu cuerpo se transforma en los elementos que lo conforman, aquél que estuvo en la gran explosión y que siempre ha acompañado a tu consciencia está ahí, silencioso, pulsando igual que pulsa el flujo electromagnético del todo. Si olvidas quién eres, si renuncias a tu historia, si detienes el vaivén de pensamientos y estímulos externos, puedes acceder a él. Para la mayoría de personas esto es muy difícil, han sido engañados y están tan inmiscuidos en el *maya* y piensan que es la única realidad y la han adoptado como la fuente de toda verdad. Sé que tú sabes todo esto, o mejor dicho, estás en vías de saberlo, porque una cosa es haberlo leído de varios autores, tener una noción e incluso querer creerlo con todas las fuerzas y otra muy distinta es apropiarse de esta verdad en el corazón. Se requiere de mucho trabajo interior para llegar al silencio, para algunos es toda una vida entregada al ascetismo, al celibato o alguna otra consagración, algunos ni con eso. Pero ahí están las plantas sagradas, los alucinógenos y el "sapito", catalizadores de estos procesos que no garantizan la iluminación, pero sí son de gran ayuda. Si nos remitimos a la premisa de la unidad, no comes nada que no tengas ya en tu interior, todo lo que entra a tu cuerpo, él mismo lo produce o lo contiene pero en una dosis y de una forma en que su efecto se exponencializará y te hará acceder a esa unidad en la cual ya estamos inmersos, pero sin distracciones, sin ilusiones, sin separaciones ni divisiones. Eres libre de decir que no, pero ya has viajado unos cuantos cientos de kilómetros, bajo tus pies y alrededor late esta consciencia que te habrá de sanar. ¡Aquí está la medicina! También eres libre de dejar que tu cuerpo se extinga al dejar que tu mente enloquezca y por fin tus capacidades mengüen totalmente, si ése es tu deseo yo no puedo entrometerme, pero sí te puedo decir que sería necedad, obstinación y cobardía a ultranza hacerlo. Ya te he dicho lo que pienso y creo que en el fondo sí deseas ser sanado, si no, no habrías venido hasta acá.

— Pensaba que estaba seguro, pero… Solamente por ti es que desearía hacer…

— ¡Idiota! ¡Hazlo por ti! — me interrumpió Mariana.

Bajé la cabeza apenado, sentía que su grado de sabiduría y madurez me eclipsaba, se había convertido en mi maestra desde el primer momento en que la conocí y apenas me estaba dando cuenta de ello. Ella me miraba con aire de decepción y la indecisión comenzaba a apoderarse de mí. Sentía que ella tenía razón y que sólo buscaba mi bien, yo por mi parte no sabía que era lo que quería.

— Tal vez mueras el día de mañana. — dijo Mariana, yo quedé helado y ella continuó hablando — Tal vez no, pero si no te curas hoy sí es muy probable que mueras mañana o pasado mañana. Pero ¿Sabes qué es lo peor? ¿Sabes qué es lo más trágico? Te lo voy a decir. Morir sin haber resuelto tus conflictos, tus dudas, esas interrogantes que te asaltan, sin saber de qué va la vida, sin morir feliz, con una sonrisa en los labios, rodeado de los que te aman. ¿O qué? ¿Ya se te olvidó que querías regresar con tu familia? Si decides no curarte morirás cobarde, solo, seguro terminarás en una fosa común, tus familiares no tendrán una cripta que visitar y sí tendrán siempre la incertidumbre de no saber dónde estás y qué fue de ti, si en el último de los casos no lo quieres hacer por ti, lo cual me parecería extremadamente jodido, mínimo hazlo por tus hijos y tu esposa, que te aseguro no se la han de estar pasando muy bien por más cosas que te digan tus egoístas reflexiones. — me dijo Mariana.

Cuando terminó yo estaba bañado en lágrimas, sorprendido por todo lo que ella sabía de mí y todo lo que yo había decidido ignorar. Me hinqué y luego me arrojé al suelo decepcionado de mí mismo, me siento idiota y me vi como lo que realmente era un imbécil arrogante que se pensaba había crecido interiormente a raíz de haber abandonado a mi familia, todavía estaba en ése estado cuando volteé a ver a Mariana y su mirada de desaprobación y vi que se alejaba de mí rumbo a la carretera. Me apresuré a hablarle.

— ¿A dónde vas?

— A Xalapa, me has hecho perder el tiempo. Si regresas, que dudo que puedas en tu estado, nunca me busques. — sentenció. Yo tartamudeando le dije.

— Pero, pero, espera. ¡Espera por favor!

Ella no contestó y seguía alejándose. Me enjugué mis ridículas lágrimas me erguí tan rápido como pude, y salí corriendo tras de ella, me impresionó el rápido paso que había tomado y la distancia de varios metros que ya me había ganado, le grité agitado pero ella no volteaba a verme. Corrí más rápido y de pronto todo se nubló de nuevo.

— Desperté sin haber tenido un hermoso sueño, estaba muy débil, estaba metido en mi saco de dormir, tenía escalofríos y sudaba profusamente, una fogata estaba encendida, dos tiendas de campaña estaban armadas, la de Mariana y la mía, sin embargo a ella no la veía por ningún lado. Estuve así un rato, esperando verla, sintiendo como la muerte daba pasos lentos pero seguros hacia mí, aproximándose segura por uno más de aquellos que envía sin fallar al otro mundo. Sentí pena, rabia y una profunda tristeza, Mariana tenía razón en todo, mi muerte estaba muy cerca, mi cobardía era mayúscula y además de todo ello aquél crecimiento que había sentido ganar en mi trayecto, en ése absurdo viaje que había emprendido dejándolo todo era nada. Me sentía un enano, mis ánimos estaban por los suelos. Tanto se me hizo la espera que sentí que Mariana no regresaría, sentí que ella estaba en un lugar esperando a que muriera sólo para recoger mi cadáver, el miedo se convirtió en terror y comencé a llorar como un desahuciado a quien le han anunciado la muerte, como un condenado a la inyección letal viendo cómo mezclan los letales líquidos en la jeringa, estaba muriendo y ni mi familia, ni Mariana ni nadie estaba ahí, tal como ella había predicho.

Estaba a punto de cerrar los ojos esperando dar el último aliento, sintiéndome como una sabandija a la cual las pruebas que se le habían presentado en la vida le habían demolido, desquiciado pero débil a más no poder, de corazón esperaba morir cuanto antes. De pronto sentí una nube oscura y mis débiles fuerzas abandonarme, como si cayera en un tobogán siniestro en forma de espiral que me engullía y me hacía desaparecer, se me estaba yendo la vida, de una forma triste, vacía y sin sentido, peor que cualesquiera de mis pesadillas, después de todo mi vida se había vuelto absurda y su final era un colofón decepcionante pero en consonancia a ella.

Desperté casi ahogándome como si hubiera dejado de respirar por largo rato, estaba desnudo sin sudor ni temblores, todo estaba oscuro pero mi cuerpo se veía a detalle como si una lámpara le iluminara, mi tono de piel era más pálido de lo acostumbrado, no tenía ningún poro abierto, ninguna de las cicatrices recolectadas en mi vida estaban presentes, de inmediato pensé en que mi muerte se había consumado. Esperaba el momento en que mi figura antropomorfa comenzara a desaparecer para ser aquella gota que se disuelve en el océano, para dejar de ser un individuo y regresar a casa donde todos estamos juntos y no hay separación. Pero no había océano, no había un hogar, no había un todo, excepto por mí, no había nada. Supuse que fue el estado patético en el que morí, lejos de la calma, extenuado por la cobardía y los bruscos temblores que precedieron a mi último aliento, la descomunal tristeza que me apresó, la añoranza de no estar en esa situación, la decepción de una vida malograda, todo ello lo vi como la causa de que yo no estuviera perdiéndome en el infinito y aún me reconociera en mi forma antigua de hombre, mi ego no se había disuelto, antes, fue él el verdugo de mis últimos instantes. Después me creí en la antesala del infierno o algún mundo de densidad devastadora, comencé a sentir que estaba pasando demasiado tiempo en aquél lugar y que mi tortura eterna consistiría precisamente en pasar un instante perpetuo en la más abismal de las soledades, rodeado de nada más que un fondo negro que todo lo ocupaba, sin estrellas, ni cielo, ni suelo, ni un punto de referencia, aquella idea comenzaba a enraizarse en mis delirios y empezaba a generar estragos en mis pensamientos. Pensamientos, tenía millones, cada uno peor que el anterior, todos me laceraban, todos suponían situaciones horrendas como horrenda era la incertidumbre de no saber qué pasaría y ni siquiera saber si algo pasaría. Dudas, miedos, terrores, todos como soldados de un ejército masivo se apilaban en mi dolor abriendo yagas invisibles que dolían más que cualquiera que hubiera tenido en vida. El infierno de fuego y azufre me parecía deseable comparado con los aguijones que me inyectaban ponzoña de aquella que hiere en el alma. Estaba loco de dolor, tristeza y frustración, no podía llorar, ni gritar, ni hacer nada, hincado en medio de la nada suplicaba porque algo ocurriera, que mis pensamientos cesaran o que mi cabeza explotara. La vorágine aprehensiva crecía y crecía cuando pensaba que estaba al límite de la ansiedad y el escarnio mental, más y más pulsos de locura me invadían, parecía que aquello continuaría hasta el infinito en una asíntota demencial.

En mis desvaríos vi un punto pequeño que atrapó mi atención y me abstrajo de la espiral de locura en la que me hallaba, decidí no dejar de verlo por temor a perderlo, aquél punto comenzó a crecer de tamaño y poco a poco distinguí a una figura humana acercándose a mí. Temblé de gozo y alegría, sin saber bien por qué decidí correr hacia aquella persona que compartía aquél tiempo y espacio en el cual pensé perdería hasta el último vestigio de razón. A medida que nos acercábamos el uno al otro mi alegría aumentaba, había pasado del infierno a un oasis de dicha instantánea. Al fin pude distinguir a esa persona, era Mariana.

Ella estaba desnuda, lucía diferente, tenía un aspecto etéreo, me acerqué más a ella, veía como sus formas oscilaban tenuemente y pude notar que parecía hecha de muchas plantas, gusanos luminosos, insectos y aves, sus cabellos se desplegaban y retraían como la cola ornamental de un pavorreal, sus pies lucían como enredaderas enraizadas sus senos eran un cúmulo de escarabajos danzando en círculos, sus ojos eran dos pequeños hongos con manchas que formaban las pupilas y al otro instante, su cabello eran las alas de colibríes, sus pies unas setas gigantes, sus senos dos rosas blancas abiertas en su máximo esplendor y sus ojos dos luciérnagas charlando de mil cosas. Constantemente aquellos componentes que conformaban aquél constructo que mi mente interpretaba como a Mariana, cambiaban de posición pero ella seguía siendo Mariana, o al menos eso deseaba yo, me quedé mirándola si pretender nada, extasiado con las múltiples formas que danzaban en ella y le hacían aparecer frente a mí.

Pude haber estado así siempre extendiendo aquél momento hasta que cada átomo de mi cuerpo me abandonase, ver aquello me embelesaba y me hacía olvidarlo todo, como un mandala viviente, como un mantra reconfortante ahí estaba esa visión reparando cada fibra de luz de la cual estaba conformada aquella silueta en la cual mi ego se reflejaba, ya no deseé explotar, ya no deseé nada, ahora me sentía en el cielo. De pronto aquella boca que fue un nido, una oruga enroscada, el pico de un ave, una corona de flores y mil cosas hermosas más comenzó a moverse y de ella emanaron notas sublimes en un idioma que jamás había escuchado, pude ver la distorsión que causaban al viajar en el éter y cómo llegaron a mí, haciendo vibrar mi cuerpo imaginario, su voz vibraba en un éxtasis que me indujo de inmediato a un trance sicodélico, todo lo que era negro comenzó a coloreare en infinitas combinaciones, figuras geométricas emergieron y dibujaron patrones sagrados que llenaron todo mi campo visual. Un chorro de líquido de luz fue expulsado de aquella boca fuente emisora de los cánticos más bellos jamás escuchados y me bañó, sentí ahogarme en placer, el aire me faltó pero la vida me sobró.

La sanación.

Súbitamente desperté empapado, enfrente de mí estaba Mariana con una cubeta.

— ¡Vaya! Funcionó. — dijo socarronamente.

Yo estaba agitado por lo frío del agua y pregunté.

— ¿Qué pasó?

— Anoche te desmayaste persiguiéndome. Me diste lástima y regresé por ti. Te di un té medicinal y te metí en tu bolsa de dormir y armé el campamento. Toda la noche tuviste pesadillas, hacías ruidos raros como si te estuvieras ahogando, gemías y gritabas muy feo. Fue difícil dormir, al amanecer te vi temblando y sudoroso haciendo un montón de gestos, muchos mosquitos te picotearon la cara e incluso una oruga se posó en tu frente y un ave la cazó, te hablé para despertaste pero sólo pusiste cara de idiota y mencionabas mi nombre como tarado, así que te eché un balde de agua fría. — contestó Mariana.

Volteé a mi alrededor muchos de los elementos que había observado en esa Mariana etérea estaban ahí. Sentí como mi rostro se llenaba de colores intensos.

— ¿Entonces no me curaste mediante un viaje astral? — pregunté y mariana rio.

— ¿Qué tonterías dices? — preguntó divertida.

— ¿Entonces nada de lo que vi fue real? — volví a preguntar.

— Nada de lo que has vito en tu vida ha sido real, ni estando sobrio o intoxicado. Te has desmayado porque tu insomnio ha menguado tu salud y estás débil, además te has sugestionado con lo que te he dicho, la verdad no has estado cerca de la muerte, pero si sigues así serás un fiambre. — me dijo.

Yo la escuché apenado. Ella continuó hablando.

— Verás, no me debería importar, pero me importa tu salud, no me preguntes por qué, pero en verdad quiero ayudarte, pero ayer sí me caíste bien pinche gordo. Debes dejar de ser tan blandengue. Aliviánate, sé fuerte, ya estás viejo como para derrotarte tan fácilmente y dejarte caer por pendejadas. La vida de todos es difícil, hasta la del güey que menos esperas y aun así el mundo sigue girando y no se detendrá por tus lloriqueos. Tu familia te espera y créeme has armado un pedote por haberte ido, vivas lo que vivas ¿De verdad los quieres dejar así sin luchar por volver a verlos?

— No, no quiero eso. — contesté.

— ¿Entonces? — me preguntó Mariana.

Yo me quedé callado.

— ¿Entonces? — insistió.

— Me sacudiré la mierda que traigo. — le dije.

— Así me gusta. Vamos a preparar todo para la ceremonia. — dijo.

Ese día desayunamos muy bien y salimos a caminar, caminamos largo rato paseando por el bosque tupido. A pesar de que encontramos muchos hongos Mariana los ignoró, por momentos percibía que caminábamos en círculos sin un fin específico, pero decidí no hacer ningún comentario al respecto. Como leyendo mi mente ella dijo.

— Caminamos para sanar.

Luego de varias horas de caminata nos adentramos un poco más en el bosque y llegamos a una especie de acantilado, Mariana se agachó y metió la mano buscando a ciegas en el borde y recogió unos hongos color carne de tallo blanco.

— Estos son derrumbe. — dijo.

Caminamos un poco más al borde de ese acantilado y Mariana me dijo.

— Ahora recoge los tuyos.

Repetí lo que Mariana acababa de hacer y toqué con la mano una familia entera de hongos que arranqué con la mayor delicadeza posible.

— Lo estás haciendo bien, has pedido permiso como es debido. — dijo ella.

Buena parte del mediodía nos la pasamos recolectando aquellas setas, tanto Mariana como yo juntamos un poco menos de 50 gramos cada uno.

Regresamos a nuestro campamento para comer, encendimos una fogata que delimitamos con un círculo de piedra y armamos un círculo de piedra más grande alrededor de nuestro campamento. Mariana además hizo figuras con piedras más pequeñas, armó una flor de la vida, un tetragramatón y varias espirales. Enjuagamos con agua los hongos recolectados y los pusimos en unas planchas de madera para secarlos un poco al sol. Eran cerca de las 4 de la tarde cuando todo estaba listo para comenzar la ceremonia.

Al comenzar Mariana me pidió que me sentara en posición de flor de loto, en medio del campamento, en frente de ella, entre los dos quedó la fogata luego comenzó a hablar.

— Madre Tierra, dadora de vida, portadora de ella, bendita eres y bendita seas siempre, te agradecemos tus múltiples dones y favores, toda tu vida y tus medicinas. Te honramos, te respetamos y te pedimos permiso porque estamos aquí para ser consumidos por ti y consumir de ti, te pedimos humildemente que nos ayudes, que sanes nuestros cuerpos y mentes, que nos permitas poder disolver nuestros egos, que nos permitas conectarnos contigo y nos dejes algún día regresar tantos favores. Te pedimos también que nos permitas ver las lecciones que debamos aprender y que nos des fuerza para devolver todo el amor que el padre Sol, la Luna y tú nos han dado. Permítenos madre ser los hijos que mereces. Permítenos también comer de tu carne, de tu sagrado regalo del Teonanacatl, permite que su vida vibre en la nuestra, que su poder exalte el nuestro y que así el cielo se proyecte en nosotros. Permítenos ser fractales del cosmos y disolver así todos los agregados psicológicos, todas las mentiras y las ilusiones, permítenos esto madre nuestra.

Mariana siguió orando por largo rato, sus súplicas fueron bellos cánticos de una exaltación sublime, luego comenzó a cantar de una manera majestuosa con una voz que cimbró cada molécula de mi cuerpo. Los sonidos que emitían producían ecos en todo el bosque, corpúsculos tenues y sutiles comenzaron a flotar por doquier, eran esporas de hongos, semillas pequeñas de plantas, polen de flores o simplemente alucinaciones causadas por el trance en que me estaba sumergiendo aquella sacerdotisa. Conmocionado hasta la médula presencié aquello con profunda reverencia, veía y sentía todo al máximo y me sentí en un mundo onírico de perfectas dimensiones como nunca antes me había sentido. Mariana no cantaba en ningún idioma sólo emitía vocales de formas que jamás había sospechado posibles. Aquél inefable canto se alargó hasta que el sol comenzó a ponerse. Los dos en éxtasis Mariana por cantar y yo por escucharla nos rendimos al ritual de los hongos sagrados.

Mariana terminó de cantar y me hizo una seña para que comiera todos los hongos que había recolectado, tanto a ella como a mí nos tomó un poco menos de media hora terminarlos de ingerir, su sabor era muy ligero y no tuve problemas para comerlos. Mariana y yo permanecimos en silencio por espacio de media hora en espera de notar los primeros efectos. Me recosté en el piso cansado de la posición de flor de loto, un ligero adormecimiento del cuerpo comenzó a presentarse, nada que me inquietara sin embargo comenzaba a sentir que la sustancia psicoactiva empezaba a dirigirme a una travesía cósmica más. Aquél ligero adormecimiento corporal comenzó a acentuarse paulatinamente, haciéndome entrar en un estado de relajación cada vez más profundo, todo iba ocurriendo con lentitud. Un hormigueo agradable comenzó a suplir al adormecimiento, pulsos sutiles y deliciosos fueron expandiéndose por debajo de mi piel, mis parpados comenzaron a relajarse y mi respiración se hizo más pausada. Comencé a ver ligeros cambios en los colores de las cosas que observaba primero se intensificaron, luego comenzaron a salir de los contornos y después se entremezclaban entre sí danzando errónea pero deliciosamente. Luego esos cambios fueron acentuándose hasta que me hallé en un mundo sicodélico de intensas experiencias visuales, las cosas cambiaban de tamaños continuamente, los arbustos desnudaban sus formas más íntimas y podía observar los ojos de los insectos que se encontraban a varios metros de mí, algunas veces el tiempo se ralentizaba, otras se aceleraba como si bailara el compás armonizado de una canción que a ratos se volvía tranquila y a ratos intensa. Lo mismo ocurría con mi corazón, por momentos latía tranquilamente y en otros sus pulsaciones se incrementaban de una forma impetuosa. Aquél estado me hipnotizó y me ensimismó en un mundo de encanto y reflexión profunda que jamás había experimentado. Tuve la certeza de que todo era correcto, planeado, divino y sublime, sentí una dicha indescriptible de poder saber que todo lo que ocurre es lo que tiene que ocurrir para que la consciencia universal se expanda y fluya por doquier, para que la fuerza del amor siga construyendo la vida y sus nuevas manifestaciones y para que la divinidad se manifieste en cada acto e instante en el universo. Un estado de euforia me invadió, respiraba y me sentía más vivo que nunca, al inhalar sentí a la fuerza cósmica inundando cada célula de mi cuerpo, al exhalar todo lo estancado y denso se disipaba y regresaba a su fuente. De pronto todo tenía sentido, la belleza de la vida por doquier cantaba una canción al unísono, cada acontecimiento entrelazado mostró su dulzura y se desnudó como bienintencionado, un engranaje hasta entonces oculto desfiló ante mi conciencia, todo estaba hilado, nada escapaba al tejido de la realidad y el devenir. Patrones hexagonales conformaban todo lo que veía, la respiración tumultuosa de todo lo vivo seguía expandiendo y contrayendo los contornos de todos los seres y objetos, las nubes se formaban rápidamente sólo para que un instante cedieran a la desaparición. Sutiles y borrosas formas se interponían en mi visión, formadas de nada se confundían con las alucinaciones y las intensificaciones de la realidad, la mezcla de todo volvía cada vez más profundo mi estado intenso extático. Me entregué por completo a todas y cada una de las exaltaciones de mis sentidos, el vaivén era rítmico, me sentía flotando en un mar picado con la plena certeza de no hundirme. Perdí todo sentido del tiempo, poco a poco todo pensamiento de rencor, culpa, duda, miedo, capricho, erotismo y negatividad se atomizaban y se escapaban con mi vaho. Cuanto más inmerso me encontraba en aquellas sensaciones menos importaba todo. La insignificancia invadió mis neuronas y la percibí en todas las acciones de mi vida, las que había hecho y las que habría de hacer. Sin darme cuenta ya había anochecido, ninguna nube estorbaba en el cielo estrellado, el más estrellado de toda mi vida, estrellas fugaces dejaban sus estelas y bajo el influjo de la psilocibina estas permanecían indelebles. Pronto el cielo lucía lleno de finas telarañas de luz, desordenadas y caóticas, algunas figuras se formaban aleatoriamente, rombos, triángulos y estrellas de varios picos. Los contornos de aquellos dibujos cambiaban de colores de forma periódica y sincronizada. Ya no sentía el cuerpo, me sentía totalmente disuelto entre la hojarasca y la humedad de la tierra en la que me encontraba, un escarabajo caminó cobre mi mano, no sentí mi mano pero me sentí el escarabajo, sentí su coraza protectora, sus delgadas alas, sus seis patas e incluso vi lo que el vio durante el tiempo que toma un suspiro. Después llegó lo inefable, fractales, subidas y bajadas, rítmicas iridiscencias y luego millones de cosas inexplicables entremezcladas se contonearon coquetamente jugando a llevarme al más placentero de los desvaríos. Lloré como un santo cuando ve a Dios, sólo que yo me vi a mí mismo.

Al amanecer pude sentir que regresaba a la esfera llamada realidad, me sentía somnoliento y decidí cerrar los ojos quedándome dormido hasta tarde.

— Despierta dormilón. — dijo divertida Mariana.

Abrí los ojos y sentí un poco de molestia por la intensa luz vespertina.

— ¿Cómo te fue? — preguntó.

— No lo sé. — le contesté.

— Esa es precisamente la respuesta correcta. — dijo Mariana.

Ambos nos preparamos juntando leña seca, encendimos una fogata y cocinamos la cena.

— Si pensabas que los hongos sagrados te darían respuestas, estabas equivocado. Pero supongo que te han dado las preguntas correctas. — me dijo Mariana.

— No tengo ninguna información nueva. — le dije.

— No estés tan seguro. — replicó.

— Es decir, sentí una profunda conexión, me embelesó el desfile de alucinaciones, vibré de felicidad, vaya que sí lo hice, fue maravilloso, bello, relajante, me sentí insignificante y sentí que nada de lo que he hecho es importante. Creo que vi a mi dios interior, pero nada me dijo.

— ¿Eso te parece poca cosa? — preguntó Mariana.

— No, claro que no. — le dije.

Ambos suspiramos.

— Me refería a que no sé de qué preguntas hablas. — añadí.

— El tiempo no existe amigo, recuerda eso, una pregunta ya te la has hecho antes, la otra está por llegar. — dijo misteriosamente Mariana.

— ¿Por qué me dices todo esto? ¿Qué significa? — pregunté.

— Nunca más volverás a ser el mismo, eso es lo que hacen los hongos sagrados, no lo sabes ahora mismo, pero ten por seguro que lo sabrás. — sentenció.

— ¿Pero tú cómo sabe todo esto? — le pregunté.

— He pasado por muchas cosas, y quiero pasar por muchas más. — dijo Mariana sollozando.

— ¿Qué pasa? ¿Estás bien? — le pregunté pero no contestó.

Un silencio extenuante nos agobió.

— Mariana ¿Qué pasa? Dímelo por favor. — insistí.

— Nada en esta vida es casualidad, todos estamos conectados y cada acción está hilada a la siguiente. Hay muchas cosas que desconocemos pero a medida que envejecemos y nos acercamos a la muerte aprendemos más y más que jamás lograremos conocerlo todo. Pero a veces, sólo a veces se nos da un trueque en donde el tiempo de vida se intercambia por gran conocimiento. Cuando sabemos que estamos cerca de la muerte nos embriagamos de sabiduría y de urgencia por recolectarla, eso me pasó a mí. — dijo Mariana.

— ¿A qué te refieres? — pregunté.

— A todo y a nada. — contestó.

— ¡Ya basta! ¡Deja de hablar así! — grité.

— Parece que el efecto dulce ya pasó. — dijo Mariana con ironía.

— Lo siento. — le dije.

— Yo también lo siento. — me dijo.

— Pensé que los hongos me sanarían. — dije.

— Sanar siempre es una decisión propia. No podemos dejárselo a una planta ni a una persona. El proceso ha iniciado, pero el resto es tu responsabilidad. — dijo Mariana.

— Aún tengo muchas preguntas. — le dije.

— Todo a su tiempo. – contestó.

Ambos sonreímos.

Mariana comenzó a toser repentina y bruscamente, el dolor la dobló, escupió sangre y se desmayó.

El adiós.

Recosté a Mariana de lado, mientras comenzaba a recoger todo con prisa, ninguno de los dos teníamos teléfonos móviles para pedir ayuda, me lamenté por ello. Había terminado de recoger todos los objetos pequeños y me disponía a desarmar las tiendas de campaña cuando Mariana despertó. Corrí hacia ella.

— Lamento que hayas tenido que ver esto. — dijo Mariana.

Guardé silencio, estaba preocupado, pero no sabía que decir. Mariana se enderezó, me vio a los ojos con profunda ternura. Y volvió a hablar.

— Todo está bien, no te preocupes, hacía rato que no me ponía mal. Agradezco que te preocupes por mí, pero no hay razón para hacerlo. Todo lo que tiene que ocurrir ocurre y aunque me digas que no aprendiste nada nuevo, esto te lo dijeron los hongos: "Nuestros problemas son una ilusión, los acontecimientos son sólo un entramado más de la realidad no son buenos ni malos…"

Mientras Mariana hablaba su voz se distorsionaba en mis oídos, cada silaba se alargaba y sonaba con un eco retumbante, mi cerebro se conmocionaba con aquellas estruendosas palabras. Eran los hongos hablando a través de Mariana, ése ser celestial que seguía impresionándome y más importante aun dándome lecciones en cada frase y acción. Mariana siguió hablando mientras mi ser se estremecía. Ella lucía como un ser de luz descomunal, espirales áureas adornaban el contorno de su cuerpo físico y su esencia se extendía kilómetros y kilómetros hasta perderse en el horizonte y fundirse conmigo. Embelesado por aquella deidad me regodeaba en observar los detalles dibujados por las líneas energéticas que zigzagueaban en la superficie de su piel. Pero advertí algo más, en su traslúcido cuerpo se veían sus entrañas de color rojo carmesí, su corazón palpitante, la expansión y contracción de sus pulmones, el fluir de su sangre y también se veía una masa oscura que me aterraba y no sabía qué era. Pensé que algo me querían decir los hongos sagrados. Mariana seguía hablando.

—…así que no hay nada que temer. Hace años se me diagnosticó cáncer, me sometí a una cirugía donde retiraron mis ovarios, luego vino la quimioterapia. Parecía que había logrado vencer a la enfermedad. Estudié una licenciatura en química farmacobiológica, luego hice el doctorado, a la par aprendí en mis viajes lo más que pude sobre los ancestrales remedios que utilizan a las plantas, el cáncer volvió, los médicos me daban pronósticos funestos sin posibilidad de operación, yo me he mantenido a flote con los remedios que aprendí, pero no he podido sanar del todo. Me he consagrado como yerbera, hay quien dice que soy bruja, no lo soy, pero he sido discípula de muchas y todas me han dicho que lucho contra una gran fuerza dentro de mí. Hace poco una maestra me dijo que había alguien que podía ayudarme a sanar, desde entonces me he preparado para el viaje, pero necesitaba que alguien me acompañara. Cuando te conocí supe que tú podrías ayudarme, vi que estabas enfermo y decidí ayudarte a sanar, aún no estás sano del todo, aunque tu ceguera justo ahora se acaba de curar, confío en que podrás ayudarme.

— Claro que te ayudaré, conseguiremos a los mejores médicos que el dinero pueda pagar, yo soy rico y puedo ayudarte. — le dije. Supe que la ceguera sanada a la que se refería era a la forma en la cual la había visto y a lo que alcanzaba a percibir ahora.

— El dinero aquí no sirve de nada, necesito que me acompañes a Belice, allá vive una santera que ha sanado casos similares al mío, existe una mínima probabilidad y reside en su poder. — dijo Mariana.

Yo no quise contradecirla, me parecía una persona sumamente sabia y pensé que de seguro sabía de lo que hablaba.

— Será como tú quieras. — le dije.

Partimos de aquél lugar tan pronto nos fue posible. Seguimos el mismo camino por donde llegamos para regresar a la terminal de Toluca. Antes de partir a la Ciudad de México compré algunas cosas, entre ellas un teléfono inteligente de última generación con un plan ilimitado. Mientras viajábamos buscaba por internet los posibles viajes que podríamos comprar para llegar lo más rápido posible a Belice. No había un vuelo a Ciudad de Belice ése día, ni a Belmopan capital de aquél país. Chetumal, ciudad fronteriza con el vecino país lucía como una buena opción lamentablemente tampoco había vuelos. Un vuelo próximo a Cancún y luego un autobús a Chetumal pareció la mejor de las opciones. Cuando llegamos a la terminal de autobuses del poniente, de inmediato entramos al metro Observatorio y nos dirigimos al andén con dirección a Pantitlán. Era el mediodía, todos los vagones estaban repletos de rostros vacíos, inexpresivos, desilusionados, hartos, también los había bellos, felices, comprometidos, llenos de coraje, decididos, plenos y entre ellos una amplia gama de caras tensas, duras, preocupadas, casi desesperanzadas. Una sensación extraña me embargó, por un momento me percibí como aquél pasajero que iba de traje y preocupado que hacía cuentas en su cabeza abstraído de lo que le rodeaba, también fui aquella madre que aconsejaba a su hija sobre aquél muchacho que acababa de conocer, fui además aquél albañil que apenas pudo abordar el vagón apretujado y sudoroso y aun así con un ánimo gigantesco. No sé bien en qué estación mucha gente desalojó el vagón y poca subió, Mariana y yo pudimos sentarnos. Un hombre con mandil se tambaleaba tomado de un tubo, estaba ebrio, de pronto se orinó, una mujer sentada, al lado de donde aquél ebrio hilarantemente luchaba por mantenerse de pie, se levantó y se puso en la entrada, aquél borrachito se convirtió en el centro de las miradas de todos los que íbamos viajando en aquél transporte. Aquellos ojos inquisidores que le juzgaban y aquellos labios que murmuraban eran ajenos para el alcoholizado viajero. Pensé en lo fácil que era señalar y no reflexionar sobre la historia de aquella persona. Nadie conocía su drama y seguro a nadie le importaba, sólo nos remitíamos al hecho de que entregado al sopor etílico había cedido al impulso diurético sin resistirse. Sin darme cuenta Mariana se acercó a él.

— ¿Está usted bien? — le preguntó. El sujeto no contestó. Mariana insistió sin éxito. Me levanté para tomarla del brazo, con un gesto le indiqué lo estéril de sus buenos deseos, sin embargo sentí un nudo en la garganta por tan bella intención.

Nos bajamos en Pantitlán y trasbordamos con dirección a Politécnico para bajarnos dos estaciones más adelante en Terminal Aérea. Ya en el aeropuerto fuimos a comprar los últimos dos boletos de un vuelo que saldría dos horas después.

— ¡Qué maravilla! Siempre quise nadar en los cenotes. — dijo Mariana.

Sorprendido por su falta de prisa ante la situación le dije que también a mí se me antojaba pero que no sabía nadar bien.

— No te preocupes, yo te ayudo a recordar. — me dijo Mariana.

Luego comimos mucho en diferentes restaurantes, nos dimos gusto comiendo pastas, hamburguesas y hasta carne, ambos necesitábamos eso para recuperarnos. Embalamos los machetes según nos recomendaron y documentamos el equipaje. Subimos al avión y Mariana y yo nos sentamos juntos, ella ocupó el asiento a un lado de la ventanilla.

Durante el viaje Mariana contempló los paisajes que le brindaba esa ventana, algunas veces matizadas por nubes, otras completamente despejadas de cualquier arrebol. Sus ojos se llenaron de mar, de ése azul que embriaga a tantos y los hace adictos al murmullo de sus olas y al delicioso calor que cura hasta el alma más enmohecida. Luego del mar se observaba una tupida capa de árboles que danzaban al ritmo del viento que acariciándoles les despertaba de un letargo tropical seductor. Los caminos se observaban como venas que corrían a través de la jungla y algunas veces apenas si eran perceptibles. Luego de dos horas de trayecto aéreo aterrizamos. El calor que se sentía al salir del avión era similar al de la huasteca, húmedo a más no poder y vigorizante. Cuando llegamos compramos boletos para Cancún y tomamos un taxi que nos llevó a un hostal. Luego de dejar el equipaje buscamos un restaurante para comer mariscos. Un aire de paz prevalecía entre los dos, era como si estuviéramos preparados para cualquier evento, aceptando cualquier cosa que ocurriera y a la vez estábamos con afán de estar listos para actuar y convertirnos en arquitectos de nuestro destino.

Aquella noche yo no dormí pero a diferencia de otras noches de insomnio disfruté cada minuto en medio de la noche y la quietud, reflexionaba sobre todo lo que había ocurrido y cómo me había cambiado la vida y la forma en que ahora la veía. La habitación se llenó con los escandalosos ronquidos de Mariana que parecía estar teniendo un bello sueño, aquellos ruidos me parecieron hermosos y completamente satisfactorios. Rayos de sol que se colaron a través de la ventana nos dieron los buenos días, la atmósfera me hizo creer que sin darme cuenta había accedido al mundo onírico. Mariana despertó, se sentó en su cama, bostezó y estiró sus brazos, lucía majestuosa y más bella que nunca. Almorzamos, ambos comíamos más de lo acostumbrado, según era el deseo de Mariana emprendimos el viaje hacia el cenote Chac Mool en Playa del Carmen, decía que el mar ya lo conocía, que no era su prioridad pero que sí le atraía demasiado la idea de nadar en un cenote. El taxi nos dejó en un punto cercano al cenote y caminamos unos cuantos minutos internándonos en la selva. Llegamos a uno de los accesos del cenote, el más pequeño, llamado *Little Brother*. De manera fortuita no había ni guías, ni turistas, ni buzos, ni ningún intruso. Pusimos una toalla a la sombra de un árbol y así prepararnos para nadar. Mariana me sorprendió al dejar ver su magnífica desnudez, parecía una escultura de mármol, pálida, irreal y sublime. De un salto entró al cenote y me salpicó de agua, yo me sumergí primero bajando por la orilla, no me animaba a soltarme ya que me sentía inseguro. Mariana me tomó por la espalda y me jaló, aquello me desestabilizó y sentí como me hundía por un instante me sentí desesperado y empecé a moverme erráticamente. Entonces contra toda lógica volví a sentir de manera intensa el estado psicoactivo de los hongos sagrados. El agua se tiñó multicolor y toda vida disuelta en él, cada soluto y corriente fue visible para mí, mi cuerpo se relajó sin que mediara orden alguna de mi cerebro y comencé a flotar, aquella hazaña combinada con las múltiples retroalimentaciones sensoriales que experimentaba me elevaron a un estado de súbita alegría inexplicable. Estaba viviendo aquél instante como si fuera el primero y el último de mi existencia, mi cuerpo se fundía con el agua turquesa y los algoritmos del devenir me fueron revelados en formas de espirales dibujadas por seres microscópicos que veía claramente.

— Ya también te curaron de los nervios. — dijo Mariana refiriéndose a los hongos.

Durante un tiempo Mariana me enseñó cosas básicas para nadar mejor, pasé de la torpeza extrema a nadar con cierta practicidad de forma lenta pero desplazándome hacia donde quería. Mi estado psicoactivo se fue diluyendo veía a Mariana como un ser de luz y dentro de ella seguía viendo esa masa oscura aterradora.

Salimos luego de unas horas, nada ni nadie nos interrumpió, comenzaba a nublarse y una fina lluvia nos mojó, nos resguardamos bajo un árbol y ahí en silencio seguimos disfrutando de todo y de nada. Luego de quién sabe cuánto tiempo la lluvia ligera cedió a una espesa e instantánea niebla que trazó estelas por doquier y nos hizo creer que sólo estábamos ahí ella y yo. Tan rápido como llegó, la neblina se esfumó y sin darnos cuenta la noche ya había llegado. La selva y sus habitantes pactaron con nosotros un silencio que invadió hasta el cielo. Las estrellas embriagaron nuestra vista por unos momentos y luego una capa de nubes las cubrió. La oscuridad era absoluta, así sin ruido, sin luz y sin palabras permanecimos, ambos, accedimos a un trance inexplicable y bellísimo, todo tenía sentido, sólo importaba el estar ahí, presentes, sin esperar nada, sin pensar en nada, siendo nada.

— Todo lo que tiene que ocurrir ocurre. Desde que te conocí supe que sanaría, que todo lo que había aprendido, estudiado, vivido y hasta sufrido valdría la pena y ahí fue cuando pude aceptarlo todo. Debemos aceptar todo con amor y con valentía labrar el camino para estar preparados para lo que venga. Así entenderemos esta divina danza que para algunos es caótica pero para mí es milagrosa. Esta danza donde el tiempo no existe, donde has terminado antes de empezar y donde has bailado antes de ponerte de pie. La vida siempre nos sonríe, los sucesos inconexos para algunos son un entramado fino que ha de despertarnos del letargo de la ilusión. Estamos vivos, amigo y de alguna manera u otra siempre lo estaremos. Vamos a estar unidos siempre en una espiral de amor tú y yo, nada nos separará. Debes de tener esto con certeza y afianzarlo a tu corazón porque te juro que es verdad. Quiero que me prometas por favor que pase lo que pase llegarás con la santera, se llama Sambé es una mujer negra de unos 40 años y vive en la Ciudad de Belice, no sé su domicilio exacto, pero sé que la encontrarás, por eso estás conmigo ahora, por eso te desmayaste en ése crucero, recuérdalo, el tiempo no existe. Te agradezco que me hayas sanado y me alegra que el teonacatl por fin te haya sanado. — me dijo Mariana. Yo no entendí ni me esforcé por entender, sabía que a su debido tiempo comprendería todo lo que había por comprender.

— Los dos iremos Mariana, pase lo que pase los dos estaremos ahí. — le contesté.

— Será así, pero de una manera que no sabemos. — replicó ella.

Yo asentí.

— Entonces ¿Me lo prometes? ¿Me prometes que irás con Sambé pase lo que pase?— insistió Mariana. Yo se lo prometí.

Antes de dormir bajo aquél árbol ella me dio un tierno beso que me electrizó, lleno de bondad, agradecimiento y fraternidad. Dormí como hacía mucho no había dormido, soñé cosas hermosas con todas las personas que he amado, hilos de luz conectaron todos los sucesos de mi vida como preparándome para algo, un gran remolino resplandeciente lo unía todo y de ella emanaba Mariana, hermosa y pura sin igual, brilló en un momento de tal manera que me cegó y me absorbió en una esfera de energía cálida y reconfortante, no había dudas, no había miedo, no había nada, sólo aceptación, volví a flotar ahora en el éter de los sueños y en los corpúsculos de la consciencia. Luego vi como Mariana se iba diluyendo, le salieron alas brillantes de muchos colores y terminó convirtiéndose en un colibrí que se acercó a mí.

Un colibrí con su pico me tocó en los labios y me despertó, amanecía apenas, aquél sueño había sido tan lúcido y hermoso y me desconcertó la resonancia que había tenido con la realidad. Volteé a ver el lecho de ella, Mariana no estaba ahí, volteé para ver alrededor y no la encontré, pensé que había ido a nadar temprano al cenote. Me levanté y caminé al cenote. Horrorizado vi su cuerpo desnudo flotando inerte.

El regreso.

Me zambullí inmediatamente en el agua, la adrenalina me hizo nadar como nunca antes lo había hecho, fuerzas sobrehumanas me invadieron y pude sacar sin dificultad y rápidamente a Mariana del agua. Luego le hice compresiones torácicas y respiración boca a boca, a cada segundo que ella seguía sin respirar sentía que la vida abandonaba a mi cuerpo y la suplía la más tormentosa de las desdichas y la más profunda de las desesperanzas. Estaba pálida, fría, seguí intentándolo muchas veces, mucho tiempo, no supe cuánto, el desquicio comenzó a invadirme. Perdí toda conexión con mi alrededor no me di cuenta cuando unos rescatistas llegaron y me apartaron para continuar con la maniobra RCP, una espiral de angustia comenzaba a engullirme por completo. Aturdido ya no escuchaba, veía borroso, tenía náuseas y una profunda tristeza me estaba paralizando. Cuando los rescatistas dejaron de asistir a Mariana y se giraron hacia mí, enloquecí. Un grito de negación emergió de mi garganta, el más ruidoso y desesperado de toda mi vida, lágrimas de tristeza y frustración mojaron mi rostro, sentía desmoronarse toda mi realidad. Como castillo de naipes que deja de ser, todo lo que creía cierto y aprendido en el viaje con Mariana se derrumbó. El dolor de mis otras pérdidas, el dolor de perder a Mariana y lo fútil que sentía que había sido yo y todas mis decisiones se agolparon como trago amargo en mi garganta y produjeron en mí el mayor vacío que jamás había sentido. De nuevo me privé, ajeno a todo sentía que mil demonios diminutos desgarraban mis entrañas con tridentes de filo quirúrgico, cada baso de mi ser se llenó de ponzoña que ardía y me laceraba. Quise morir, literalmente quise morir, ideé la forma más rápida que tenía a disposición para terminar con mi desdicha y la existencia. Vi un árbol y pensé en colgarme de inmediato usando mi cinturón, de pronto aquél colibrí voló en frente de mí, no supe el motivo pero dejé de caer en el túnel oscuro en el que iba. Vi al colibrí danzando con sus alas a un lado y al otro de mí, fugazmente lo vi brillar y me recordó aquella transformación onírica de Mariana. Luego aquél colibrí se fue, quise seguirlo con la mirada pero sus piruetas y zigzagueos no me lo permitieron. Recordé a Mariana, su belleza, su serenidad y sabiduría, la hermosura entera que ella representaba, recordé lo que tanto repetía: "Lo que tiene que ocurrir ocurre". Volví a llorar, mucho, largo rato comencé a recuperar la visión y los demás sentidos, triste, frustrado, con un dolor profundo seguía sin creer lo que había ocurrido. Me sentí maldecido por una hechicería malévola de magia negra, alguien que me odiaba me había arrojado un conjuro para que a todo la persona que llegara a conocer y a amar como a Pedro y Juan y ahora a Mariana, murieran. Deseché mi estúpida hipótesis al recordar que no vi morir a Efrén y Karina ni a Juanito. Recordé a mi hijo muerto, la más grande de mis pérdidas, recordé el dolor en todo el trayecto del viaje sin sentido que había decidido emprender, recordé a mi familia a quien había abandonado egoístamente en busca de quién sabe qué cosa que por lo visto jamás encontraría. En las horas siguientes como alma en pena seguí los trámites y procedimiento acostumbrado para darle digna sepultura a Mariana en el cementerio local, la autopsia reveló que primero se había golpeado la cabeza y por ello había muerto ahogada. Con poco dinero, desorientado y en un estado emocional deplorable, no sabía qué hacer. Por mi mente cruzó la idea de regresar a mi hogar, con mi familia, sanar mis heridas con ellos pidiéndoles perdón por abandonarlos con mis acciones por el resto de mis días. Sin embargo aquella opción no me hacía sentir bien, era obvio que quería regresar, pero sentía que algo más debía hacer. Contra todo sentido común un colibrí pasó rápido volando frente a mí, fue un instante, un parpadeo y no lo habría visto y fue entonces que recordé las palabras de Mariana: "¿Me prometes que irás con Sambé pase lo que pase?" Entonces decidí hacer ése viaje con los recursos que me quedaban, calculé que, aunque pocos, me bastarían para llegar con aquella santera, el sólo hecho de pensar en ello me hizo sentir un alivio enorme, era lo mínimo que podía hacer por aquella hermosa hechicera a quien había tenido la fortuna de conocer. Luego resolví que ocurriera lo que ocurriera regresaría con mi familia para resarcirme y por fin dejar de tener desaguisados en esta travesía que tantas yagas le había dejado a mi corazón. Sin perder tiempo fui a la terminal de autobuses y compré un boleto a Chetumal, antes de las 10 de la mañana partí, el viaje duró alrededor de 6 horas. Tomé un taxi que me llevó al puente viejo que cruza al río Hondo el cual separa a Chetumal de la franja fronteriza beliceña. Caminé el puente y llegué a las oficinas de la aduana, llené una forma pequeña y fotocopiada en la que transcribí algunos datos de mi pasaporte, puse como dirección la que hasta antes era mi lugar de descanso en Xalapa. Un funcionario de la aduana amablemente me ofreció cambiar mis pesos mexicanos por dólares beliceños a un tipo de cambio de 10 pesos por dólar a lo cual accedí agradecido. Todos los billetes tenían la imagen de la reina de Inglaterra, la misma, sólo cambiaba su color, su denominación y la imagen del reverso. Una camioneta tipo van que fungía como taxi me llevó en un viaje corto, donde exuberante vegetación adornaba los parajes, a la ciudad de Corazal. Llegué a una pequeña fonda, donde al principio me saludaron en inglés. Al ver mi cara de confusión repitieron el saludo en español. Me sirvieron un platillo llamado *Rice and Beans*, aquello me recordó mi infancia, quitando el sabor a coco de aquella preparación, los frijoles y el arroz eran de los alimentos más consumidos por nuestra familia. En vez de tortilla me dieron *Fry Jacks* una especie de tortilla de harina freída que me recordó a Torreón y sus gorditas.

Los recuerdos se agolparon primero en mi mente y después inundaron mi corazón, era la primera vez que salía del país y a pesar de que estaba a unos cuantos kilómetros de él me sentía en una tierra distante, la gente no era muy diferente de la mexicana, a excepción de que había muchas más personas de ascendencia africana. La mayoría de las casas estaban hechas de madera con un estilo colonial británico, aquél clima me hacía sentir vivo, me recordaba a la Huasteca, a esas cascadas a ése pequeño renacimiento que tuve luego de haber sido un cobarde, recordé a Efrén y ése talento endemoniado y a

Karina y su encantador espectáculo con *hoops*, recordé cuando maté, hacía mucho que no veía ese amasijo de carne y sangre que fuera un rostro despiadado, verdugo de mis amigos. Recordé aún más a mi hijo, aquella herida no sanaba, pensé que cuando no dolía era porque lo olvidaba y cuando su recuerdo surcaba mi memoria dejaba una estela de remordimiento. Por si fuera poco extrañaba mucho a Mariana y me desgarraba el pensar que tal lindura de persona ya no anduviera por ahí tratando de arreglar al mundo, me repetía como mantra sanador sus palabras más usadas para entender que si era necesario que algo aconteciera, así sería y aquello se incluiría en un entramado cósmico que tal vez nunca entendería o tal vez sí, pero sólo con el paso del tiempo. También pensé que aquella culminación del viaje Mariana la deseaba para mí, para sanar todos aquellos males que sin contárselos ella sabía que tenía, le agradecí aquello, aún en sus duras circunstancias ella me deseaba lo mejor, me dolía mucho que ella no sanara junto conmigo. La tarde caía sobre aquél lugar que parecía detenido en el flujo de la existencia, bello, nostálgico y caminando a una velocidad diferente al ajetreado mundo de las ciudades más grandes, parecía estar matizado con la pátina de los tiempos. Decidí buscar una posada y no me fue difícil dar con una, intenté dormir pero por más que intenté no pude, sentía que iba a presenciar algo mayúsculo, algo que rebasaría todas las cosas que antes había visto o sentido, lo cual para mí era ya mucho decir. Me sentía en el preámbulo de una decisión crucial, un punto de viraje y sin retorno que habría de marcarme aún más que todos los sucesos combinados en mi vida que ocurrieron después de comer jícuri.

A la mañana siguiente fui a la estación de autobuses de Corazal, me sentía como un niño, todo me parecía peculiar y digno de observar, puse atención en todos los detalles, todo aquello que era diferente a Torreón y mi país, decidí experimentar todo lo que pudiera de aquél lugar mientras llegaba a finalizar aquél viaje que comenzó en Estación Marte. Tomé un autobús viejo y grande con un letrero que decía *Belize* quise pagar al subir pero me hicieron seña de que me cobrarían después, decidí sentarme en los últimos asientos para observarlo todo, el autobús no se llenó pero el chofer encendió el corazón metálico, enorme y desafinado de aquél armatoste para así ruidosa y lentamente avanzar para tomar camino, luego encendieron el aparato de audio del autobús y alegres melodías en inglés del genero *reggae* vibraron en las paredes del transporte. Luego de unos metros un hombre comenzó a ir de asiento en asiento cobrando el costo del viaje, tardó unos minutos hasta llegar conmigo.

— ¿Cuánto es? — le pregunté.

— ¿A dónde va? — me preguntó.

— Voy a la Ciudad de Belice. — le respondí.

— *Ten beliz.* — me dijo, o al menos eso creí haber

escuchado que me contestó.

Saqué los diez dólares beliceños y se los di. El hombre

de inmediato se retiró. Durante el trayecto el autobús hizo

muchas paradas, ya sea para subir más gente o para bajar

en diferentes puntos a otros pasajeros. Gente de todo tipo

subía y bajaba, muchas rastas, muchas sonrisas y sí,

también rostros endurecidos por la fatiga que había

supuesto su vida. Me sorprendió que apenas iniciado el

viaje pude ver una escuela con el nombre de México y

con murales alusivos a mi país, entre ellos la bandera

tricolor. A mitad del trayecto el chofer hizo una parada

de 10 minutos en una ciudad llamada *Orange Walk*, unos

vendedores subieron y ofrecieron bebidas frías, yo pedí

una que no conocía a la cual llamaban *Seaweed*, me

recordó al gua de horchata y un poco al mole más dulce

que he probado. Compré también una hamburguesa a la

cual me ofrecieron ponerle una salsa de chiles habaneros

de una empresa local muy famosa en Belice, en efecto

comprobé el porqué de tal fama. Luego reanudamos el viaje, varios cuerpos de agua fueron visibles en el trayecto, incluyendo el mar. Luego de 6 horas desde Corazal por fin llegamos a Ciudad de Belice, una ciudad bulliciosa y con muchos transeúntes. Cuando salí no sabía bien qué hacer o hacia dónde dirigirme. Decidí entregarme a la fortuna cósmica y permitir que mis corazonadas me guiaran hasta encontrar a Sambé o al menos alguien que pudiera guiarme hasta ella. Deambulé por varias calles, caminé sin rumbo, algunas veces lo hice en círculos, sin desesperación alguna en el fondo mi corazón sabía que encontraría la razón por la cual había llegado hasta ahí. Sentíame en un baile en el que buscaba percibir los jalones y movimientos de mi acompañante, quería moverme al unísono de esa fuerza cósmica que dibuja galaxias y entrelaza átomos, deseaba dejarme llevar por sus sutiles fuerzas que paradójicamente son tan monstruosas al momento de crear galaxias. Buscando sumergirme en ése magma etéreo de donde emana toda manifestación de conciencia, donde confluyen todos los vórtices del amor y la luz, inspirando y exhalando de forma rítmica fui entrando en un trance que me hizo de nuevo ver lo invisible, en un estado muy parecido al inducido por la psilocibina, noté las corrientes de aire que tímidamente serpenteaban casi imperceptibles, vi pequeños seres de luz haciendo hélices y espirales sin sentido, vi cientos de cosas más. Me sentí dichoso de haber alcanzado tal estado sin el uso de alucinógenos y sí meramente inspirado en mi búsqueda en conjunción con una técnica de respiración milenaria. Tenía la certeza de que bajo aquél influjo divino encontrar a Sambé sería una feliz consecuencia. Volteé a ver con mi nueva visión por doquier para buscar una luz, una fuerza, un remolino de poder que me indicara hacia dónde dirigirme. De pronto y sin haberlo advertido antes, un sujeto lanzó un golpe con un bate de madera a gran velocidad hacia mi nuca, reaccionando lo más rápido que pude apenas si logré agacharme un poco, sin dicha evasión tal agresión me habría matado y en vez de eso sólo me tiró y causó una gran hemorragia. Me levanté tan rápido como pude por una descarga intensa de adrenalina, confundido y habiendo perdido aquellos poderes oculares encaré a mi agresor sólo para darme cuenta que estaba acompañado por otros tres sujetos. Supe de inmediato que si no me defendía moriría. Bañado totalmente en sangre extraje de mi equipaje mis machetes, con la una habilidad inusitada los desembalé y sostuve en cada mano uno de ellos. Lleno de rabia y apretando los dientes me disponía hacer lo que fuera necesario para sobrevivir y llegar con aquella santera para cumplir la promesa que hice. Agité mis machetes para amedrentarlos pero sólo logré que se embravecieran más, no parecíamos humanos parecíamos bestias dispuestas a asesinarse entre sí. Ante tal reacción agité con mayor velocidad y violencia los machetes, gruñí como monstruo y mostraba mis colmillos, el sujeto que me agredió primero se aprestó con su bate a darme un segundo golpe mientras sus comparsas empuñaban palos. El del bate dio dos pasos y lanzó un swing que esquivé habilidosamente doblando las rodillas al tiempo que con mi mano derecha le tiré un machetazo directo al muslo izquierdo hiriéndole y haciendo que se tirara al piso por el dolor. La rabia de sus secuaces se encendió y se lanzaron sobre mí, con una agilidad que nunca había experimentado los driblé, luego di media vuelta y con ambos machetes les asesté heridas en la espalda a dos de ellos derribándolos. El último de mis oponentes, el más alto y fornido caminó cuidadosamente hacia mí, su mirada denotaba concentración, tenía postura de ataque y parecía esperar un error mío para matarme. Matar, aquél verbo me electrizó, el pensar en el sólo hecho de que en aquél callejón la muerte hiciera acto de presencia me hizo recordar las lúgubres noches que había tenido por haber asesinado a alguien y además me hicieron tomar consciencia de que no quería tener una segunda vida a cuestas en mi ya de por sí pesada culpa.

— ¡Basta! ¿Qué quieren de mí? — les pregunté gritando pero nadie contestó.

— ¡¿Qué quieren de mí?! — insistí gritando aún más fuerte.

El sujeto más alto reanudó su avance hacia mí de forma retadora, yo le amenacé con golpes de machete que le pasaron cerca pero a pesar de ello seguía caminando hacia mí. Desesperado me barrí hacia sus pies y le lancé un machetazo al tobillo derecho pero lo esquivó de un salto tan hábilmente que además aprovechó para lanzarme un golpe con el palo de madera que traía en su mano y me golpeó en hombro izquierdo, yo gruñí de dolor y casi me desvanezco. Mis otros tres rivales se incorporaron y los cuatro me rodearon, comencé a dar vueltas con los brazos extendidos buscando golpearles con mis machetes pero no funcionó, el del bate me dio un golpe en las costillas, otro más me golpeó en las corvas lo cual me hizo hincarme, luego los golpes se sucedieron uno al otro, olas de dolor intenso me invadieron, solté mis machetes, el martilleo hacia mi cuerpo fue implacable, sentía como molían mi carne y huesos y a la vez sentía que la vida se iba escapando de mi cuerpo. Contrario a la sensación corporal en mi mente me repetía una y mil veces que no moriría ahí, que debía cumplir mi promesa, que debía llegar y que una vez cumplida podía arrojarme al hades sin mayor remordimiento. Emergieron las últimas fuerzas que pude extraer de mi alma, me llené a la vez de determinación con mi objetivo claro y mi corazón palpitando aceleradamente. Con mi mano derecha detuve y sostuve el bate y lo arrebaté de mi oponente sólo para lanzarlo con tal tino que lo golpeé en la cabeza noqueándolo instantáneamente. Luego detuve con mis dos manos dos palos de madera que tenían como destino mi cabeza, al igual que con el bate quise arrebatarlos pero no pude, los jalé con fuerza y luego los empujé de tal forma que pude golpear en el estómago a mis agresores doblándolos de dolor. Por último corrí hacia el más alto sin darle tiempo de reaccionar derribándolo, abajo lo llené de golpes en el rostro en repetidas ocasiones, casi estuve a punto de perder el control, pero recordé aquél restaurante en Aquismón. Me levanté y vi a mis oponentes fuera de combate, quise salir corriendo de ahí para no tener que seguir peleando al recuperarse ellos, tomé mi mochila y a punto estaba de recoger mis machetes cuando por la gran cantidad de sangre perdida me desmayé.

— Despierta coyote. — me decía una voz femenina con acento peculiar.

Abrí los ojos y me hallaba en una habitación atiborrada de amuletos, imágenes, veladoras y símbolos que conocía y algunos otros que jamás había visto. Estaba acostado en el piso dentro de un círculo con el pentagrama dibujado y una veladora en cada una de sus puntas. No me asusté sino que por el contrario sentí alivio de encontrarme ahí, sabía que aquella voz era de Sambé. Volteé a verla, estaba sentada en una silla a un lado mío, era una mujer de mediana edad, de ascendencia africana tal y como me dijo Mariana, con cabello corto y ensortijado, de labios grandes y mirada severa, de constitución fuerte e incluso amenazadora.

— ¿Verdad que esto es justo como lo esperabas? — me preguntó.

Aquella pregunta me desconcertó pero ella tenía razón, Todo lo que conformaba el cliché de una santera estaba en aquél lugar y era precisamente lo que esperaba ver.

— Si tu hubieras esperado ver un elefante, aquí mismo verías un elefante. — sentenció Sambé.

Yo sólo la miraba, parecía estar reprendiéndome o incluso acusándome de prejuicioso. Sambé continuó hablando.

— Pero aquí también hay cosas que no sabes y no te esperas, todo está aquí. Hay algo que debo aplaudirte y es el sacrificio que has hecho.

Cuando Sambé dijo eso asumí que se refería al cumplimiento de mi promesa. Ella seguía hablando.

— A estas alturas sabes que todo lo que pasa tiene un propósito, nada es un cabo suelto coyote.

— ¿Por qué me llamas coyote? — le pregunté.

— ¡Silencio! — me reprendió.

Me avergoncé. Ella continuó.

— Ése es tu animal. Ya no me interrumpas a menos que te haga una pregunta. Yo he estado en todo el universo y en todos los instantes. ¿Y sabes qué? Tú también has estado ahí. Y no importa si lo recuerdas o no. No importa si sabes de qué va esto o no. Lo que importa es que aceptes que todo esto comenzó mucho antes de que comieras el jícuri, mucho antes de que te formaras en el cuerpo que hoy porta tu consciencia. Fue incluso antes de que el hombre viviera en bosques gigantes bajo el abrigo de hongos de un kilómetro de diámetro que la causalidad ya había desembocado en que habrías de llegar aquí. Tú, con todas tus dudas, miedos y heridas, tú estás aquí para que el universo se regenere, para que el plan se restablezca y para que de la vida emane un milagro más que jamás habrá de ser conocido por la razón pero sí por la red que conecta a los corazones, nos conmoverá y volverá más humanos, nos llenará de luz y a muchos más les dará el poder y el coraje para entregarse a algo más que su propio beneficio. Todo esto está en juego ahora mismo. ¿Cómo te llamas?

Yo no pude contestarlo, había olvidado mi nombre. Ella se sonrió y volvió a tomar la palabra.

— He hecho que olvides tu nombre. Estás muy malherido lo cual es favorecedor para éste conjuro. Si te lo preguntas, yo no te mandé golpear, al contrario, te salvé de esos salvajes que estaban a punto de matarte. Pero ¿sabes algo? Si no hubieras sido golpeado, yo misma te hubiera tundido a golpes, afortunadamente no tuve que hacerlo. Es necesario que el cuerpo mengüe para que el espíritu florezca. ¿No tienes un poco de curiosidad por lo que va a ocurrir?

— Nunca pasa lo que espero que ocurra. Así que he renunciado a querer saber qué ocurrirá. — le contesté.

— Sé que ha sido difícil para ti y se pondrá aun peor, pero en verdad te felicito por lo que has hecho. Eres muy querido. — me dijo Sambé.

— No he hecho nada. — le contesté.

— Eso crees. Recuerda que el tiempo no existe. — me dijo en tono misterioso, luego se levantó de la silla en la que estaba sentada abrió la puerta de aquella habitación dispuesta a dejarme solo.

— ¿A dónde vas? — le pregunté.

— Para lo que viene debes estar solo porque nadie puede ayudarte. — me contestó.

— Pero ¿no harás una ceremonia para sanarme o algo así? — le insistí.

— Lo que iba a hacer contigo ya lo hice mientras estabas inconsciente, pero te equivocas si piensas que esto que viene es para sanarte. Cierto es que estás enfermo pero no vienes a curarte, has venido a enfermar. — luego de estas palabras Sambé salió de la habitación y cerró la puerta. Quise llamarle de nuevo pero perdí la voz, luego quise incorporarme pero me abandonaron las fuerzas, quise reaccionar pero mi cuerpo entero se entumeció. Mi vista me abandonó, luego fueron los demás sentidos, el último de ellos fue el tacto. Sin percibir estímulo externo alguno caí en un estado catatónico total. Supuse que Sambé me había drogado mientras dormía y que aquello era el efecto inicial de un brebaje psicoactivo que me había administrado. Quise relajarme para no caer en la desesperación, quise aceptar todo lo que viniera y quise también olvidar sus palabras que sentenciaban que había ido yo a enfermar. De pronto sentí como estruendos a los latidos de mi corazón, ondas sinusoidales recorrieron toda mi conciencia al unísono que fluía sangre o quien sabe qué en mi cuerpo o aquello que creía era mi cuerpo. Una tenue luz que se encendía cuando palpitaba mi interior comenzaba a hacerse cada vez más brillante y empezó a mostrarme que algo había en mi derredor. Veía todo lo que me rodeaba, poseía en ése momento una especie de visión de 360 grados, vi que no tenía un cuerpo, más bien era un punto que se auto percibía y percibía su entorno. Todo era un mar de átomos a una temperatura demencial, tan cerca de mí que eran también un punto, luego un latido de mi corazón o lo que sea que fuera hizo que estalláramos. Una danza caótica a una velocidad incalculable se manifestó y comenzó a crear estrellas y galaxias. Todo pasó tan rápido mientras la partícula puntual en la que me había convertido se unió a millones de partículas más formando un sol. Así como nació aquella estrella se hinchó y multiplicó por varios cientos de veces su tamaño hasta que explotó dejando estelas de rayos gamma a su paso. Me hice consciente de que estaba viendo la historia del universo a una velocidad millones de veces más rápida que la forma en la que quizás aconteció, de tal suerte que quizás un millón de años transcurrieron en fracciones de segundo. Luego percibí como si mi consciencia pudiera ralentizar el proceso de exposición de imágenes con tan sólo poner más atención a un detalle en específico. Así pude ver a detalle el nacimiento y muerte de cuantas estrellas quise, luego dejaba de poner atención y sólo veía puntos que se encendían y apagaban. Quizá ante mí vi florecer civilizaciones enteras que llegaron a la utopía y después con indiferencia cósmica perecieron sin dejar rastro al ser consumidas por su estrella madre. La toma de consciencia de aquél hecho me hizo sentir un vacío, sin tener estómago sentí náuseas y sin tener garganta sentí un nudo en ella. Quise acelerar aquello y lo logré, en un suspiro cientos de galaxias completaron su ciclo de vida y de pronto, sin saber el cómo de mi certeza, supe que me me hallaba en el nacimiento de nuestra Vía Láctea, puse atención y vi la formación de aquella hermosa espiral, sentí nostalgia y un profundo amor. Una fuerza gravitatoria descomunal me absorbió y de nuevo formé parte de una estrella que en un guiño estalló y esparció quintillones de átomos en la galaxia. Viajé y llegué justo a tiempo para presenciar el nacimiento de nuestro Sol, vi la danza descrita por Kepler a medida que los planetas se iban formando a partir de la frustración de su etapa primaria como estrellas. Vi un enorme planeta colisionar a otro partiéndolo en dos y vi como uno de ellos fue tomando un aspecto familiar de un bello color azul. Sobre una roca estelar me movía al tiempo que ésta entraba en la zona de influjo del campo electromagnético terrestre, luego surcamos su atmósfera e incandescentemente iluminamos aquél primigenio cielo. Caí en el mar, burbujas de dióxido de azufre y metano ascendían desde las profundidades, mientras que una atmósfera rica en amoniaco se movía sobre la superficie. Descargas eléctricas de una violencia gigantesca caían y generaban reacciones químicas en aquél caldo precursor. Luego ocurrió un milagro que me perdí, una célula había hecho acto de presencia, después fueron millones más. Quise regresar en el tiempo para presenciar el nacimiento de la vida, pero no pude, ahí me di cuenta de que debía ser cuidadoso si quería presenciar algo a detalle pues ya no se repetiría más, también me di cuenta que había un límite a la ralentización pero que si me esforzaba podía incluso ver un segundo en varios minutos de consciencia.

Luego la partícula que era fue absorbida por una célula y

luego esta se unió a otras de manera intrincada creando

al primer ser pluricelular que en instantes murió y fue

alimento de otro ser. Duré un tiempo en el frenesí del

proceso vida muerte, formé parte de muchos seres, fui un

nautilo, un pequeño pez, un pez más grande, fui muchos

anfibios y fui su excremento, fui un ser que respiraba en

agua y fuera de ella, fui un mamífero pequeño, fui

huevecillos, larvas e insectos, fui sus secreciones y sus

enfermedades, fui los gusanos que devoraron sus

cuerpos, mil veces multiplicadas por otras mil. Morí de

millones de formas, devorado, aplastado, plagado de

hongos, luego fui polen, fui la miel de una colmena, fui

el ámbar de un árbol, fui el árbol, fui el pasto, fui el buey,

fui la lluvia que lo moja y el ave que come de su piel y a

la vez que era todo ello en derredor mío comenzaban a

surgir los primeros humanos. Les veía de lejos como

unos intrusos y como superdotados que comenzaban a

dominar los elementos, también veía su barbarie contra

sus presas y contra los de su misma especie, sentí terror al ver sus obras y sentí también compasión por sentirme uno de ellos. Luego fui alimento que una madre consumió, fui leche materna que un bebé consumió, viví algunos años en su interior, luego fui un óvulo que un espermatozoide fecundó. Fui el producto que de ahí nació, fui un guerrero que después murió, fui comida para buitres y mi átomo al suelo volvió y repetidamente éste ciclo se repitió. Fui muchas veces humano y también fui abono, fui el águila que vuela y fui un topo. Fui un rey, fui un mendigo, morí muy joven, muy anciano, súbitamente, inesperadamente y también apaciblemente. Vi historias que nunca imaginé, que no fueron contadas por nadie, vi la cúspide del ser humano y vi el fango en el que puede caer, vi eones transcurrir. Vi a Lemuria en su esplendor, vi a la Atlántida hundirse, vi las pirámides ser construidas y el secreto maravilloso de su perfección, vi dioses fecundar a mujeres y vi el porqué de nuestra era. Vi a los mayas y a los aztecas, vi a mi pueblo atrapado en cadenas, vi el yugo que el poderoso impone al débil lo vi mil veces y lo vi en mi tierra. Vi la independencia, vi la revolución, vi a mi madre comerme en un pan y me vi crecer en su interior, presencié cada división y multiplicación celular, me distinguí los rasgos de mi rostro abrazado a mi placenta frotándome contra ella. Vi mi nacimiento, alargué aquél instante lo más que pude, me regodeé en cada sensación experimentada. De nuevo fui yo, fuera del vientre de mi madre, recién nacido y con toda una vida por delante. Pero me percaté de que mi consciencia sólo era espectadora hasta entonces que hasta ahora ni había aleteado yo las alas del águila, ni había yo lanzado las flechas del guerrero, ni había sido mío mérito alguno de los santos en los que había existido. Saber ello me acongojó, quise poder cambiar mi vida desde el primer instante pero no pude. No podía controlar el aliento, ni el latir de mi corazón ni los pasos que dirigía, en mi consciencia tenía ya 5 años y comenzaba a presenciar mis recuerdos y cada cosa que ocurría era una calca de lo que había pasado. Me esforcé mucho, seguía y seguía esforzándome para poder atisbar siquiera un ápice de control sobre lo que ocurría. Los años transcurrían implacables y aunque ralentizaba aquellos bellos momentos con mi familia y los disfrutaba en demasía, no podía tener injerencia alguna en ellos. A pesar de esto no renuncié, seguí intentándolo mientras mi vida seguía transcurriendo ante mi consciencia. Me hallé en un partido de fútbol donde me habían dado un pase sólo para empujar el balón y anotar, vi lentamente rodar aquél esférico y con mucha decisión busqué controlar mi pie, subirlo sólo un poco para no volar el disparo, pero no lo logré. Llegué a la adolescencia y a un episodio de mi vida donde tuve una riña en la central de abastos, en mis recuerdos yo había sido apaleado por mi adversario y conforme se acercaba el momento de la pelea mis ánimos se encendían y busqué con vehemencia controlar mis movimientos con mi consciencia. Recordaba aquellos golpes recibidos y recordaba la forma en que mi agresor los había lanzado, me sentía seguro de que si podía usar esa información en la pelea podría vencerle y reescribir aquél capítulo. Por fin llegó el momento, usé todas mis fuerzas para controlar mi cuerpo, de nuevo hice que todo corriera lentamente, vi el primer golpe que aquél muchacho me lanzó y que me derribara, lo vi con lentitud extrema, a medida que su puño se aproximaba a la base de mi mandíbula sentía más y más aprehensión y a pesar de que me esforzaba más y más no conseguía moverme de manera diferente a como había ocurrido la primera vez. Como último y desesperado recurso acepté lo que ocurría, me dejé llevar y sentí como si flotara. Por un instante todo se congeló aquél puño se detuvo a un centímetro de mi rostro y por ése mismo instante pude moverme. Luego todo ocurrió a velocidad normal y aquél primer puñetazo lanzado no me golpeó, mi oponente lanzó un segundo golpe casi instantáneamente que en esta ocasión sí me golpeó tirándome al piso. Aquél muchacho nuevamente me dio una paliza pero esta vez, mientras lo hacía, yo sonreía. Pasaron algunos momentos más en mi vida donde pude hacer sutiles cambios sin modificar sustancialmente el resultado, sin embargo a cada momento podía tomar más control de mis movimientos, muy lentamente podía injerir cada vez más en los movimientos que hacía mi cuerpo y poco a poco ganaba más confianza de que podría manipular la historia de mi vida. Llegó el momento en que conocí a mi esposa, alargué el tiempo tanto como me fue posible, en esos instantes cesé de intentar controlar las circunstancias, me limité a disfrutar todo lo que pudiera con mi joven y bella esposa y sólo buscaba que el flujo natural de los eventos ocurriera aceptándolos y observando que en efecto podía modificar las cosas si lo hubiera intentado. Me di cuenta que sólo podía modificar pequeños fragmentos muy sutilmente al intentar pasar más tiempo con mis hijos del que efectivamente había compartido. Luché mucho para aceptar esa realidad pero seguí buscando cambiar los detalles más importantes de la manera más significativa posible. A pesar de haber vivido cientos de miles de años de consciencia universal por primera vez tuve la sensación de que tenía la oportunidad de mediante la modificación de un evento crucial en mi vida poder sanar. Luego llegué al momento en que estaba enfrente del jícuri.

— Mastique. — me decía mi guía en el peyote como en aquella ocasión.

Quise resistirme, pero una poderosa fuerza me impelió a poner el jícuri en mi boca, la misma fuerza que percibí en la formación de galaxias y estrellas. Llegué a la conclusión de que aquello tenía que ocurrir. Luego vino mi enclaustramiento en mi propia casa, luché intensamente por modificar alguna cosa siquiera.

Llegó aquél día en el que mientras estaba en la cocina preparándome un sándwich me topé con mi hijo mayor.

—Te ves de la chingada, cabrón. —Me dijo de nuevo— ¿Estás consumiendo drogas duras también? — aquellas palabras me retumbaron, luché por contestarle pero ninguna palabra pude pronunciar, a pesar de mis esfuerzos mi cuerpo caminó indiferente dirigiéndose a pesar de mi desesperación al que entonces era mi estudio. Encerrado ahí seguí reuniendo fuerzas para poder salir de aquél estado en que me encontraba, devorando libros y estudiando, deseaba levantarme de mi restirador y salir corriendo tras mi hijo. Pasaron los días sin gran cambio pero algo muy importante ocurrió justo cuando en la línea de tiempo original se presentó mi deseo de resarcir mis errores con mi familia, mi voluntad consciente se mezcló con la voluntad que en ése entonces tuve y pude salir corriendo inmediatamente para encontrarme con mi hijo que yacía ahí, ésta vez en lugar de desmayarme pude contenerme y le di RCP, le limpié el vómito y le di respiración de boca a boca, lo hice una y otra vez, durante mucho tiempo, luego llegó mi familia quien me veía desquiciándome intentando resucitar a mi hijo, no sé cuánto tiempo pasó pero fue el suficiente como para que ellos excepto yo se dieran cuenta que no había remedio. Cuando me apartaron como entonces caí desmayado.

Volví a experimentar el mismo dolor, que cuando me pasó por primera vez, me sentí maldito por enésima vez, sentía que vivía un infierno y que lejos de sanarme estaba enloqueciendo en la más cruenta de las torturas de todos los universos. Otra vez era la noche. Luego ocurrió la aceptación y mi reencuentro familiar, los disfruté mucho, los abracé mucho, parecía un cruel juego que me hacía sufrir para luego recompensarme en una rueda de la fortuna siniestra que con sus subidas y bajadas buscaba desahuciarme mentalmente. Resolví que me resistiría al estúpido impulso de abandonar a mi familia y reencontrarme con el peyote. De nuevo puse todo mi empeño y dedicación, el día antes de que saliera a mi reencuentro psicodélico había llegado, abrí las cartas del tarot y la tirada fue idéntica. Aquella noche tuve fiebre y luché con todas mis fuerzas por resistirme a ese terrible destino que me acechaba. Igual que entonces esa mañana con mucho pesar salí de mi casa. De nuevo caminé por el bulevar Revolución hasta llegar a la salida de Torreón y me puse a pedir aventón, por casi una hora buscaba que mis manos me obedecieran y se abstuvieran de levantar el dedo en señal de solicitud de aventón pero durante aquella hora en la que llegaría aquél tráiler no tuve éxito. Cuando el trailero se detuvo a un lado de la carretera pude llenarme de fuerza y apretando la boca me quedé mudo.

— ¿A dónde va? —Me preguntó. Al no contestarle me rayó la madre y se disponía a irse. Pero justo en ése momento me convulsioné y perdí el conocimiento.

Luego de hora y media de trayecto desperté y otra vez me hallaba a unos cuantos kilómetros del lugar donde conocí al peyote. Sin poder reaccionar en contra abrí la puerta y me lancé fuera del tráiler ante la mirada atónita del trailero que siguió su camino. Caí de forma estrepitosa y me herí gravemente. A regañadientes acepté que eso también debía ocurrir. De nuevo 40 días en el desierto. Llegué al mismo lugar, curé mis heridas y comí jícuri, tuve esas bellas sensaciones y visiones de nuevo. Algo nuevo ocurrió, bajo el influjo del peyote podía moverme a mi antojo, podía hacer cosas diferentes. Por mi mente pasó comer suficiente peyote y regresar a casa pero luego recordé a Pedro y a Juan y su triste destino y me sentí abyecto por sólo pensar en mí. En vez de irme me preparé para recibirlos y ahora con una nueva herramienta buscar salvarles la vida. Llegó el día en que nos conocimos, mi plan consistió en no salir del estado psicoactivo inducido por el peyote para así recomendarles acampar a cientos de metros de aquél lugar. Vivimos las mismas experiencias, tuvimos los mismos diálogos pero esta vez y gracias a que ellos lo consintieron acampamos en otro lugar. Para asegurarme aún más aquél día recogí leña temprano para no dejarlos solos en ningún momento, como las demás veces ellos se atragantaron de peyote pero esta vez se fueron corriendo en direcciones opuestas. Les grité desesperadamente de que se quedaran en el campamento decidí correr tras Pedro para una vez que lo alcanzara ir por Juan, luego de unos metros a máxima velocidad tropecé con una piedra con tan mala fortuna que al caer me golpeé con una roca grande en la frente. Al despertar ya era de día me levanté rápidamente para buscar a Pedro y Juan pero mi pesquisa fue estéril, aterrorizado corrí aquél lugar donde en la antigua línea de tiempo habían sido ejecutados. Con horror vi dos charcos de sangre al tiempo que el efecto de la mescalina se diluyó. El dolor me impidió intentar cambiar algo en las siguientes horas y días, la frustración había minado mis ánimos, me sentía prisionero del destino e inútil ante las circunstancias, me dejaba llevar por las acciones que anteriormente había llevado a acabo, fui un indigente, fui un paria y llegué al paraíso otra vez casi sin pensarlo. Así volví a ver a Efrén y aprendí rápidamente a malabarear con mis nuevos poderes para alargar el tiempo, luego llegó Karina, al igual que antes busqué pedirles que no fuéramos a Aquismón, pasó lo que tenía que pasar y volví a sentir la más horrenda de las culpas. Después llegué a

Xalapa y busqué que cada momento con mi amigo, Juanito, como lo llamaba Mariana, ralentizando los sucesos buscaba a Mariana pero sólo la pude conocer hasta que me desmayé, desmayo que por cierto busqué por todos los medios evitar. Todo se repitió como una calca y mi desesperación iba creciendo, me resistía a creer que no podría salvar a Mariana, pero ideé un plan. Volvimos a comer hongos, volví a activar mi visión y me percaté que bajo su influjo al igual que con el peyote podía controlar mis movimientos. Decidí guardar una ración de ellos y constantemente comer apenas si sintiera que su influjo desaparecía. Me las ingenié para hacerlos pasar en el control aeroportuario y llevarlos conmigo a la hora de abordar el avión. Constantemente comía y aunque ligero sentía su influjo y el poder de decidir mis movimientos. Llegó la noche antes de la muerte de Mariana

Ella volvió a hablar.

— Todo lo que tiene que ocurrir ocurre. — aquellas palabras me aturdieron. Mientras ella hablaba comía una de las últimas porciones de hongos que tenía.

— Debemos aceptar todo con amor y con valentía labrar el camino para estar preparados para lo que venga. Así entenderemos esta divina danza que para algunos es caótica pero para mí es milagrosa. Esta danza donde el tiempo no existe, donde has terminado antes de empezar y donde has bailado antes de ponerte de pie. — cuando dijo eso no pude evitar llorar, ella seguía hablando.

— Vamos a estar unidos siempre en una espiral de amor tú y yo, nada nos separará. Debes de tener esto con certeza y afianzarlo a tu corazón porque te juro que es verdad. — luego llegó el momento en que ella me hizo prometerle ir con Sambé.

Volvió a besarme y electrizarme. En esta ocasión pasé la noche en vigilia y lo que antes había soñado ahora lo estaba viendo, las mismas cosas hermosas con todas las personas que había amado, todas las conexiones, y de nuevo a Mariana, hermosa y pura sin igual, casi no lo percibo pero escuché un chapuzón en el agua. Era Mariana. Recordé aquél colibrí y busqué no verlo. Corrí hacia el cenote y vi a Mariana inerte, recién se había golpeado la cabeza, era preponderante saltar por ella. Con una habilidad inigualable la saqué de ahí y comencé a asistirla sintiendo que esta vez podría salvarle. Mi visión mágica se activó y vi aquella masa oscura amenazante expandiéndose rápidamente por todo su cuerpo, supe de inmediato que si no detenía su avance aquello la mataría, pegué mis labios a los suyos y comencé a aspirar con todas mis fuerzas, lo hice con todos mis pulmones y con todo mi ser, lágrimas abundantes brotaron de mis ojos al ver que no lograba mucho que aquella oscuridad siguiera invadiendo las células de Mariana, sabía que debía tragarme aquella fuerza oscura cuanto antes sin importar lo que me ocurriera, recordé a Sambé y sus palabras. Con resignación tomé aire y volví aspirar, succioné y succioné hasta que aquella densidad fue juntándose en su tráquea, cuando comenzó a entrar en mi boca sentí un amargor que jamás había experimentado, sentí que mis fuerzas me abandonaban y que moriría, eso no me importó, quise entregar mi vida por Mariana, quise amarla por completo salvándola a cambio de mi muerte. Seguí luchando, sentía la vida irse a la vez que sentía que Mariana recuperaba la suya, por último y con el último aliento succioné aquél ser monstruoso y desfallecí.

Abrí los ojos y vi a Mariana sonriendo y diciéndome.

— Muchas gracias. Soy Mariana.